14/20卷

江户川乱步青年侦探全集

# 恐怖的魔王

【恐怖の魔人王】

# 黑手

【黒手組】

[日] 江户川乱步（えどがわ らんぽ）◎著

叶荣鼎◎译

時代文藝出版社

图书在版编目（CIP）数据

江户川乱步青年侦探全集. 14，恐怖的魔王　黑手 /（日）江户川乱步著；
叶荣鼎译．—长春：时代文艺出版社，2016.6

ISBN 978-7-5387-5222-9

Ⅰ.①江…　Ⅱ.①江…　②叶…　Ⅲ.①侦探小说－小说集－日本－现代　Ⅳ.①I313.45

中国版本图书馆CIP数据核字（2016）第099941号

出品人　陈　琛
产品总监　郭力家
责任编辑　刘瑀婷
　　　　　闫松莹
装帧设计　黄　龙
排版制作　隋淑凤



江户川乱步青年侦探全集 14
恐怖的魔王　黑手
[日] 江户川乱步 著　叶荣鼎 译

---

出版发行 / 时代文艺出版社
地址 / 长春市泰来街1825号　时代文艺出版社　邮编 / 130011
总编办 / 0431-86012927　发行部 / 0431-86012957　北京开发部 / 010-63108163
官方微博 / weibo.com / tlapress　天猫旗舰店 / sdwycbsgf.tmall.com
印刷 / 三河市万龙印装有限公司
开本 / 640mm × 910mm　1 / 16　字数 / 114千字　印张 / 10.5
版次 / 2016年6月第1版　印次 / 2016年6月第1次印刷　定价 / 20.00元

---

图书如有印装错误　请寄回印厂调换

# 出版说明

江户川乱步本名平井太郎，1894年10月21日生于日本三重县名张市，是日本著名的推理作家、评论家，“本格派”推理的创始人，被誉为“日本侦探推理小说之父”。

1923年，他在《新青年》杂志上发表本格推理处女作《二钱铜币》（收录于全集11卷中）轰动文坛，奠定了日本侦探小说的基础，同时也引领了日本推理小说的创作风潮。

“本格”是日语词，有“正规、正统”之意。所谓“本格推理”是指推理者从谜案中搜寻蛛丝马迹，经过严密的逻辑推理，解开谜案疑点，拨云见日、找出真凶的过程。所以，在“本格推理”的世界中有两个要素不可或缺：一是难解的谜案（如密室杀人），二是逻辑严密的推理。这也是本格推理最大的魅力所在，因为谜案难解，才好奇；因为推理刺激，才痛快！

我们出版的“青年侦探全集”（全20卷），共包含23篇本格推理故事，情节扑朔迷离，悬念强烈，既充满诡谲的气氛，又有着环环相扣的严密推理。案情往往在看似山穷水尽之时峰回路转，出人意料又合情合理，令人拍案叫绝。其主角明智小五郎是江户川乱步成功塑造出的日本第一位名侦探，在日本家喻户晓，被称作“日本的福尔摩斯”。密室杀人案、死亡倒计时牌、钟楼里的秘密、五重塔的诅咒……不同于传统侦探故事中主角的开挂式超能，乱步笔下的大侦探在与凶手的博弈中，有时也会犯错误，甚至在交锋中败下阵来。但也正因如此，才使得明智小五郎的形象更为真实丰满，让金属般棱角分明的推理故事中多了一丝有血有肉的真情感。

该全集内容由著名日本文学翻译家叶荣鼎先生，历时八年翻译而成，不仅再现了一代推理大师的作品原貌，更注入了翻译家对大师的崇敬之情。相较于市面上现有的其他译本，叶荣鼎先生的译文文本规范、文字精当、情节紧凑、故事性强，适合各年龄段的读者阅读和收藏。

此外，还有专门为本套图书绘制的精美插图，穿插在故事中，凸现案件发展的关键节点。诚邀爱好侦探推理的朋友，跟随大师的妙笔一起畅游本格推理的世界。随着侦探与凶手视角的转换，一窥善恶。读罢小说，回归现实，你既不是机关算尽的凶手，也不是明察秋毫的神探，周遭的一切皆毫发无伤，但是你却收获了阅读应有的快乐。

**时代文艺出版社**

# 目录

コンテンツ

## 恐怖的魔王

# 恐怖的魔王

【恐怖の魔人王】

# 调　包

一辆金光闪闪的殡仪车，在东京的大街小巷里漫无目的地行驶着。

殡仪车内，载有蒙着白布的棺材。

棺材里究竟是否装有尸体，谁也说不上来。殡仪车后面没有其他车辆跟着，而是独自在街上转圈。这真是一辆怪车！不像是葬礼仪式结束归来，并且，现在去殡仪馆也不是时候。

春天的白昼比黑夜长，可此刻已经暮色沉沉。

也许有什么缘故导致司机的举止这样异常？或许是他忘了车库在哪儿？

虽说殡仪车可疑，可并没有围着或跟着看热闹的人。

这辆车不停地在大街小巷转圈。

不久，路灯渐渐亮了起来，天空中也出现了无数眨着眼睛的星星。

这辆不同寻常的殡仪车像是在等待天完全黑透，不知疲倦地穿街走巷。当驶到新宿区矢来町附近一条非常冷清的住宅街中央时，它猛地停了下来。车灯熄灭，似乎是信号，刹那间，一扇陈旧且没有门灯的大铁门悄然地开了。

一个男子身影从里面闪出来。

“一路上顺利吗？”嗓音很低，是男人的嗓音。

“很顺利。为了避免别人怀疑，从四点葬礼开始到现在，我一直在街上转圈，累得真够呛。”

司机从驾驶室里出来，听他们的语气，并不像盗窃团伙的首领。

“嘿嘿嘿……真够呛，辛苦，辛苦。喂，死人确实在里面吗？”

“放心！他们根本不知道我们驾驶的是两辆相同的殡仪车。啊，这招真灵！太棒了！现在，那口空棺材已经被推进殡仪馆的铁箱里，说不定正在被熊熊烈火噼里啪啦地焚烧呢！”

听司机这番话，好像他从殡仪馆盗出了一具尸体。

真殡仪车上，装的是没有尸体的空棺材。

假殡仪车上，装的是有尸体的棺材。

像这样的“棺材调包计”难以被人识破，并且获得了成功，贼车顺利地返回到贼窝。

“有话等一下再说！先把棺材搬到房间里！要不然，被人察觉可就麻烦了。”

“是！请你帮一下忙。”

两个可疑的家伙一前一后抬着棺材，朝大门里走去。

在东京，没想到还有这样破旧的住宅。

两个人走进漆黑的玄关，嘎吱嘎吱……一边踩着潮湿的榻榻米，一边把棺材朝里面的房间抬去。

十七平方米左右的日本式房间，整个别墅里唯一有灯光的就是这里。昏暗的推拉门，破旧的隔扇，被雨水打潮的墙壁，被煤烟熏黑的天花板等等，总之，房子里所有一切显得阴森森的，让人很自然联想到这里是妖魔鬼怪待的地方。

灯光照射下，两个男子的长相开始清晰起来。

驾驶殡仪车回来的男子，长得像猩猩，额头低而狭窄，头发上涂满了发油，显得油亮亮的，让人觉得恶心。他的脏西服上，污垢随处可见，里面穿的不是衬衫，而是圆领T恤衫。这身打扮，一看就是个流气十足、品行不良的家伙。

另一个男子，身着肥大的黑绒休闲装，长长的头发披在肩上，白净的脸上架着一副宽边眼镜，鼻子下长着一撮黑胡子。

乍一看像个画家。

“嘿，不愧是你，干得这么出色，丝毫没被人察觉。”

眼镜男子像个首领，夸奖起部下来。

“有什么好夸的！没做什么。”

猩猩男子抽动了几下鼻子，用舌头舔了一下嘴唇说：“那家伙跟我一样，也是好运气，配合得非常出色。他事先混入殡仪馆当上司机，让人看不出什么不自然的地方。

“他把空棺材装上真殡仪车，在途中等我，我开着假殡仪车赶到那里接过装有死尸的棺材，可以说神不知鬼不觉。死者家属绝不会察觉殡仪车也会有替身，更不会察觉棺材里装的骨头是从标本店买来的，再说那骨头也不知道是谁的。不用说，死者家属肯定以为棺材里装的是爱女的尸体，哭泣着送爱女火葬呢。”

“嘿嘿嘿……妙！太妙了！应该给你们丰厚的奖金。现在，这里没有要你做的事了，快回家去做新郎的化妆准备吧！明天早晨别忘了去照相馆，请他们把照片放大到三十厘米乘二十五厘米。”

“是，明白了。我一定把自己打扮得英俊潇洒，到时候你就看我的！我做梦都没想到能与这么漂亮的姑娘举行婚礼。现在，我还真想好好欣赏一下新娘的脸呢。”

“不行，不行，现在还是不看为好。在没有完全妆扮好之前，你必须忍耐。我的化妆术是超一流的，一定会把她妆扮成世界上最美的新娘，你只需等一个晚上就行了。”

“好吧，那我就等一个晚上。不过，等待是最让人焦急的。请你一定要把她化妆成睁着眼睛的美女新娘，拜托了哟！”

“嘻嘻嘻……行，我知道了。”

“那，我就回去了。”

猩猩男子离开破旧不堪的房子，朝大铁门走去。不一会儿传来引擎声，他驾驶着冒牌殡仪车走了，没有打开车前的夜间行驶灯，摸黑行驶在浓浓的夜色里。

# 新　娘

破旧的别墅里只剩下眼镜男子一个人了。他打开棺材盖子，窥视里面的尸体。

“嘿，这美女尽管已经死去了，却还是那么漂亮，并不怎么消瘦干瘪。给这样的尸体化妆，一定会很顺利。”

他自言自语着，小心翼翼地抱起令人生畏的尸体放到榻榻米上。

灯光正面照亮了尸体的脸，犹如蜡制偶人。

啊！这具美人尸体太漂亮了！年龄兴许还不到二十岁，可能是病死的，但尸体还是那样丰腴。不管美女生前多么丰姿绰约，死亡还是使肤色可怕得难以形容。

“别怕！小姐，我现在就给你化妆，因为明天要为你举行结婚庆典。”眼镜男子一边主动与尸体说着话，一边从房间一角那口大箱子里取出化妆用具。

面朝院子的屋檐下，放有盛有水的金边脸盆，还有一些用于化妆的调色油。

眼镜男子给女尸脸部化妆，那副认真表情就像为即将上舞台表演的演员化妆。

尸体依然躺在榻榻米上，眼镜男子先用水给她洗脸，再涂上美容霜打底色，接着，除眉毛外，给尸体脸上抹了一层化妆粉。

眼镜男子的化妆手法十分娴熟细腻，将女尸化得十分漂亮。

可是，仅这样的化妆还远远不够。无论色泽多么好，脸还是没有恢复到活人的神态，比没有生命的木偶好不了多少。尤其是眼睛，还是闭着的。于是，他用手指掰开女尸紧闭的眼睛，然后一动不动地使劲儿按着张开的眼皮。

眼睛是睁开了，但没有活人的目光。于是，他用化妆笔绘上黑色的眼窝，将红颜色抹在外眼角上，在没有光泽的眼球上抹上油，让其发亮。

接下来为嘴巴化妆。

光涂口红，再怎么涂也不会出现生气，因为死者嘴唇周围的肌肉已经松弛。

他用手指将嘴唇两端猛地往上推，长达二十分钟没有动弹。果然，尽管肌肉已经僵硬，可经过这么长时间，肌肉便按照推出来的形状固定了。

瞧，死人微笑着，一脸高兴的表情。

“太好了！瞧，笑得多自然！就这样了，接下来是头发。”

他让姑娘的尸体靠在箱子上，为尸体梳理头发。

箱子里放着造型工具。

为女人梳理日本式发型，不是容易办到的事情，可这家伙很在行，梳理起来非常熟练和仔细。

大约用了一个小时左右，死者的头发梳理完毕。像梳这种高岛田式发型，即便专业美容师也要花上很长时间。

脸部化妆好了，高岛田式发型梳理好了。

接下来，他从箱子里取出事先准备好的结婚礼服给死者穿上。

对象是尸体，一个人很难完成。

不料，男子的手法还是非常熟练、快捷，不仅成功地给死者穿上带有格子图案的婚服，还给死者系上了织锦缎腰带。

接着，他把早已准备好的条幅挂在壁龛的墙上，放上花瓶，将两块坐垫排列在正面。

其中一个坐垫是给新娘坐的。为了支撑新娘，他用箱子抵住其背部。

当全部准备工作结束的时候，差不多已经是第二天拂晓了。

几小时后，也就是事先约定的上午十点，扮成新郎的猩猩男子迈着轻快的脚步兴高采烈地走来了。

“怎样了？新娘模样……”

他走进房间，一边问新娘的化妆情况，一边在眼镜男子面前炫耀自己的装扮。

他上身穿的是日本式礼服，下身穿的是仙台丝织面料制作的裙子，短和服上的白色布带十分显眼。

“嗯，打扮得太棒了！你是一个完全与新娘匹配的新郎。可是，请照相馆来这里摄影的事情办得怎么样啦？”

“就要来了，我对他们说了是十点……”

猩猩男子说着，猛地吃了一惊，到了嘴边的话又咽回了喉咙。

“喂，喂，你这么吃惊干什么？”

“这新娘是不是昨天的那具女尸？这……”

猩猩男子的吃惊也不是没有道理。

壁龛跟前端端正正坐着的新娘，不管从哪个角度看都不像已经死了。

尸体新娘嘴角微微上翘，似在微笑，脸上挂满了幸福的表情。还有，那姿势似乎正要将两手扶在地上朝新郎行礼。

“怎么样？完全可以乱真。”

“嗯，我怎么也不敢相信自己的眼睛，眼前的新娘竟然是尸体！”

就在他兴奋地说话的时候，玄关传来说话的声音，是照相馆的照相师来了。

“好，你快坐到新娘旁边的坐垫上，让照相师觉得是真的。你一定要闭上嘴，最好别说话！”

眼镜男子叮嘱完毕，快步朝玄关走去。不一会儿，他带着照相师进来。

“对，都已经准备好了，马上出发去宴会厅，请快拍！”

眼镜男子焦急地对照相师说。

照相师虽觉得新郎新娘有点儿不对劲儿，可事先已经收了预付款，也就不再说什么了，拿起照相机调整好焦距后就按下了快门。

“谢谢，辛苦了！过一两天，我们要搬到别处去住。照片冲洗出来后，我亲自上你们照相馆取。说定的日子，希望别耽误。”

眼镜男子说完，把照相师送出玄关。

一返回房间，他朝猩猩男子说：“好，任务完成了！你化装成新郎的任务也结束了，快去换衣服吧！”

“我实在不明白，照相结束了，下一步干什么呢？那样的结婚照又能制造什么阴谋呢？”

“这，你就别管了，看我的。你别问了，听我的吩咐就是了。两三天之内，你就会明白我那惊人的计划。”

“原来是这么回事。那，尸体怎么办？不管怎么说，是不能扔这里的。”

“这我早已经考虑好，你也别问了，就等着看好戏吧！我现在还难以想象，这世上的人会露出怎样的吃惊表情……但你应该清楚我最近日益高超的手腕。”

“嘿嘿嘿……我清楚，我清楚，嘿嘿嘿……”

猩猩男子伸出舌头舔了一下嘴唇，奸笑起来。

# 女　儿

白天，尸体美人与猩猩男子拍了结婚纪念照。

这天晚上，千代田区内的某大街上行驶着一辆轿车。

这是一辆进口高级私家车，司机正在全神贯注地驾驶。靠在后排座位上的绅士，看上去大约五十岁。

他叫布引庄兵卫，是东京城里有名的大实业家，大腹便便，红光满面，黑胡子中间夹杂着几根白胡子。

男子嘴里叼着烟，模样与平时没有什么不同。但仔细打量，精神面貌差多了，与往日大相径庭，显得神情沮丧，好像有什么心事，似乎在思考某个棘手的难题。

这猜测果真中的。数天前，他那视作掌上明珠的女儿布引照子死了，昨天刚在殡仪馆举行了告别仪式。

此刻的他，有气无力，沉浸在失去爱女的悲痛之中。布引照子患病的起因是突然感冒，接着发展到急性肺炎，经医护人员全力抢救，最终还是像雪花那样从地球上消失，结束了短暂的生命。

布引照子生前早已有如意郎君，还许了终身。

恋人是布引电器公司职员，叫鸟井纯一。

鸟井纯一一表人才，聪明干练，是总经理布引庄兵卫从众多年轻人中间挑选出来的，婚事也得到了他父母的同意，并准备在最近一段时间里举行结婚仪式。

布引照子病重后，也许知道自己不行了，让父母亲通知鸟井纯一来与自己见上一面。她在即将断气的时候，紧紧握着他的手，而他伏在布引照子身上痛哭。

当时的情景，布引庄兵卫至今历历在目。

唉，太可怜了……她是不希望离开这个世界的呀！

他在心里，时常在呼唤死去的女儿。

这时，一个急刹车使得他整个上身朝旁边倾倒。他大吃一惊，连忙支起上身环顾周围，发现有一辆车挡在自己车的前面。

刚才如果不是紧急刹车，难说不会两车相撞。好在司机车技非同一般，避免了这起事故。

“实在对不起！”对面那辆车的司机从车窗里探出脸，彬彬有礼地致歉。

布引庄兵卫的司机没有训斥对方，一声不吭准备把车开走。

对面那辆车也启动了。由于险些相撞，双方车窗的距离很近。此刻，两辆车各自朝着相反方向驶去。

就在这时，布引庄兵卫无意间望了一眼对面车窗。

两车相距不到一米，对面车里的情况完完全全地映入了他的眼帘。

车窗敞开着，里面有一张如花似玉、皮肤白嫩的脸。

布引庄兵卫自己这辆车的窗户是半开着的。那张脸正与他相互对望。

“啊！”他万分惊讶，险些窒息。

紧接着，熟悉而又难忘的声音飞入自己的耳朵。

“哎，爸爸，爸爸，救命……”

声音突然中断，好像嘴巴被什么人用手巾捂住了。

那辆车猛地加快速度，飞也似的驶远了。

肯定是女儿照子的声音！

布引庄兵卫大声嚷道：“啊，照子！喂，掉头追上那辆车！”

司机根据布引庄兵卫的命令刹住车，费了好长时间才在路中央调转了车头，可那辆车却在这段时间里驶出了很长一段路。

“不管怎么追都行，总之一定要给我追上它！快！别磨磨蹭蹭的！”

他急得直吼。

司机加快速度追上去，可路面很暗。那辆车好像拐入一条小巷子，瞬间无影无踪了。司机开着车在这一带转来转去，仔细寻找那辆车。可找了半晌，还是没有见着。

“算了，把车开回家吧！”他吩咐完司机，自己陷入了沉思。

唉！到底是怎么回事？我在做梦？

他静下心来左思右想，觉得用做梦又难以说服自己。

奇怪！从女儿断气开始，一直到为她精心准备并举行葬礼，直至安放女儿遗体的棺材被焚烧，整个过程，自己都在场。

可是，女儿照子却突然活了，还坐在刚才那辆飞驶的车上。这按理是不可能的。但是，刚才那姑娘确实是照子。朝自己喊话时的声音，绝对不像别人的。不仅如此，她还朝自己连喊了两声爸爸。

如果是其他女孩儿，不可能喊自己爸爸。

嗯，不可思议！难道自己产生了幻觉？难道那是照子的幽灵?

也许是照子的灵魂在夜路上彷徨，希望能见到日夜思念的父亲?

布引庄兵卫不知道如何解释刚才的一幕。

他感到困惑，去世的女儿居然朦朦胧胧地出现在眼前，随即又消失。

尽管不可思议，他到家后还是极力按捺住自己的激动情绪，没把刚才的一幕告诉夫人园子。他想，园子要是听到这样的事，肯定又会哭个死去活来，这么一来，好不容易安静下来的家又会像炸开的锅。

“爸爸！救命……”女儿的呼叫声还在耳边回响，而且似乎越来越响。不过，这种梦幻般的情景不能报告警方，更不能委托他们搜索。

是幻觉，肯定是！布引庄兵卫暗暗对自己说，努力使自己忘记那一幕。

# 照　片

然而不可思议的事情，并没有因为布引庄兵卫的努力忘记而结束。

大约四五天以后的一个早晨，布引照子生前的恋人鸟井纯一慌慌张张地跑来了。

他在去公司上班途中，特意抄近路拜访总经理家。

不凑巧这时候，布引庄兵卫按照每天早晨的习惯正在浴室洗澡，一听有急事赶紧穿上衣服来到客厅。

“总经理，发生了一桩怪事。也不知何故，我总觉得自己坐立不安，静不下心来。一清早我就大叫大嚷，闹得四邻不安，可自己又说不出所以然。”

鸟井纯一望着布引庄兵卫的脸，说了一番莫名其妙的话。

他平时一向沉稳冷静，说话细声细气。可今天，状态确实与以往不同。

“怎么啦？发生什么事啦？喂，坐下说！”

布引庄兵卫自己也一屁股坐在沙发上，从桌上烟盒里取出烟，用打火机点燃。

“总经理，我冒昧提一个问题，照子生前是不是已经与什么人结婚了？”

鸟井纯一苍白的脸上微微显露出愤怒的表情，话语里充满了责备的口吻。

布引庄兵卫惊奇地望着鸟井纯一的脸。

这小伙子也挺可怜的，自从失去恋人照子后，也许神经不正常了？

布引庄兵卫提高嗓门问：“你在说什么？你不是知道得很清楚吗？我家照子是个没有丝毫污点的女孩子。她选择结婚的对象，除了你没有第二个男子。与你订婚之前和订婚之后，都没有你所说的那种情况。可是，你怎么会向我提这种无中生有的问题？”

“你好好地看一下！今天早晨，一个陌生人把它送到了我家。”

鸟井纯一说完，急忙从包里取出一张三十厘米乘二十五厘米的照片，递到布引庄兵卫跟前。

“这家伙到底是谁？既然有这种照片，作为照子的父亲，您应该知道！”

鸟井纯一满脸喝醉酒的神色，大声责问布引庄兵卫。

布引庄兵卫接过照片一看，脸色骤变。

照片上是一男一女，女的梳着高岛田式的发型，身着长袖和服，身材苗条，从模样上看确实是自己的女儿，可她怎么会与一个长相丑陋的怪男子在一起照相？

确实是一张正式的结婚纪念照！

布引庄兵卫两眼紧盯着照片，嘴里一个劲儿地直嚷："这是谁送给你的？"

"这，我也不知道是谁，反正没有送信人的姓名。"

"哼，我从来不知道有这回事，也不曾见过这样的男子。我的女儿也根本不可能和长得像猩猩一样的男子结婚，这是恶作剧！肯定是哪个坏蛋搞的恶作剧！"他大声吼道。

"总经理，假如是圈套或者是阴谋……可照片根本不像拼接的！我仔细查过了，照片上不存在拼接的痕迹。这照片下端印有照相馆的名称，还印有电话号码。打电话问一下照相馆，就可以清楚事情的来龙去脉。"

"哈哈哈……不可能有这种荒唐的事！我已经说得很清楚了，我女儿是清白的，绝对没有和那样的男子结过婚！"

"为慎重起见，我觉得有必要向照相馆打听一下。如果是恶作剧，必须找到那家伙好好地教训他！"

布引庄兵卫被鸟井纯一这么一说，觉得在理。女儿被如此玷污，是不能允许的。

"好！就照你说的办。这样吧，你打这个电话号码把照相师喊到这里来！"

鸟井纯一立即拨通该照相馆电话。

过了一会儿，照相师风尘仆仆地赶来了。

“喂，你还记得这张照片吗？”

布引庄兵卫指着那张可疑照片问道。

照相师看了一眼后，立即点点头滔滔不绝地说：“嗯，当然记得，是四五天前上顾客家照的。当时，顾客催得紧，我连修片的时间都没有，仅仅是按照顾客吩咐冲洗后急急忙忙地印了出来。嗯，我还记得那顾客的姓名，叫荒目田。这姓名稀奇古怪，我也就记住了。”

“你在说什么？四五天前？怎么可能有那种怪事！照子是身体不能动弹的危重病人，怎么可能拍照？好，我问你，这到底是在什么地方拍的？”

“是新宿区牛人町的一个旧别墅里。嗯，对，对，我想起来了，就是上个星期日。那天是孩子的休息日，所以我记得很清楚。”

“什么？上个星期日？”布引庄兵卫和鸟井纯一不约而同地问道。

“喂，是真的？”

“当然是真的，我绝对没有搞错。那天下午，还下着蒙蒙细雨。”

如果是最近的下雨的下午，那只有上个星期日。

“喂，你这不是开玩笑吧？照片上的年轻女子是我的女儿，前几天不幸患病去世了。今天，是她离开人间的第八天。

“明白了吗？上面的新娘是上个星期四去世的，两天后也就是上个星期六火化的。你说说看，死了的人还能在火化后的第二天，即星期日，打扮成这副模样做新娘？这可能吗？”

“哎，哎，您这是在说什么呀？”

照相师像被人浇了一大盆冰冷的水，晕头转向，大着嗓门嚷道。

# 电　　话

谁知不可思议的怪事，一波未平，一波又起，接踵而来。

已经去世的人从车窗探出头喊爸爸。

已经去世的人还拍了正式的结婚纪念照。

布引庄兵卫夫妇与鸟井纯一等到照相师离开后，就这一怪事分析起来。

但是，越分析越感到恐惧，反而什么办法也没有想出来。

布引园子夫人说："如果照子真的还活着，那肯定被关押在什么地方！我总觉得女儿还在！孩子他爸，你一定要设法弄清楚。你难道想不出办法吗？"

夫人的目光在追逐幻觉里可爱活泼的女儿，希望丈夫能想想办法。

"不合逻辑！骨灰盒里确实是照子的骨灰，不可能是别人的。”

布引庄兵卫这么说，细细想来也确实有理。已经死了的人，怎么可能起死回生!

报告警方，会闹得满城风雨，到头来弄不好落一个耍弄警方的罪名，还是等到事实真相弄清楚后再报告警方也不迟。

“肯定弄错了！不然的话，我们三个人的头脑会被认为都不正常。这种情况，一不小心会弄得我们非常尴尬，还是谨小慎微的好。”布引庄兵卫说。

这样的情况，一旦满城风雨，会给布引家带来耻辱。为了布引家族的名誉，必须慎重。

最终，那天没有商量出什么结果，就这样糊里糊涂地过去了。鸟井纯一照常去公司上班，布引庄兵卫因公司业务外出忙去了。

然而，就在那天深夜又发生了一件怪事。

那天深夜近十二点的时候，布引庄兵卫睡得正香，突然被用人喊醒。

“先生，先生，您的电话。”

“什么？现在？电话……”

“是的，是先生您的电话。对方说，一定要您接电话。”

“讨厌！你去跟他说让他明天再打来！到底是谁打来的？”他迷迷糊糊地斥责道。

“那……那……那……”

用人吞吞吐吐，不知什么原因，也不愿意马上离开。他定睛一看，用人满脸苍白，说话声音颤抖，好像被吓得不轻。

“到底怎么啦？电话是谁打来的？”

“那，那……对方说是照子，听声音像死去的照子小姐。”

“什么？是照子？喂，你怎么也会说这种无聊的话？死了的人怎么会打电话？”

“可是，对方说一定要请父亲接电话。我问了好几遍，对方光回答说是照子照子的。”用人觉得很委屈，忍不住哭了。

布引庄兵卫感到纳闷。

也许真是女儿照子？

霎时间，这样的感觉占据了整个脑海。

“好，你把电话接到我的房间，我听听看。”

他从床上坐起，右手拿起电话听筒。

“喂！我是布引，你是谁？”

“啊，是爸爸吗？我是照子，您已经明白了？照子我还活着哟！”

“喂，照子！你真是照子！你在哪里？到底是怎么回事？”

布引庄兵卫接到这个不可思议的电话，说话变得语无伦次起来。

“爸爸！我什么也不能说……旁边有人！除了他们要求说的以外，什么也不能说，否则，他们要杀了我。”

“好，我知道了，你放心！我一定救你出来！你说说看，他们要你说些什么？”他打算电话挂断后请电话局调查对方的电话号码，所以就若无其事地说。

“爸爸！对不起，我必须拜托您一件很糟糕的事情……那，在我身边的那些人要我对爸爸说，用钱赎我回家。”

“知道了，你快说！他们要多少赎金？”

“他们说要五千万日元……而且还必须是现金。还说，必须由爸爸您本人把钱亲手交给他们。”

“行，行，你别担心！爸爸愿意支付这笔赎金。你问一下他们，把钱送到什么地方？”

“那……那，爸爸，您今天把照相师喊到家里见过面了吧！您还问了有关牛人町那幢空别墅的情况！”

“嗯，问了，你，你还在牛人町那幢空别墅？”

“不，在另一个地方。可明天上午十点，我会被他们带到那里去。爸爸若把赎金给他们，我就可以回家了。爸爸，您明白我说的意思了吗？地点是S住宅街那幢空别墅，时间是上午十点，别忘了哟！”

“记住了，记住了哟！你就放心地等在那里吧，爸爸一定去接你回家。”

“还有，您如果把这情况透露给警察，那他们就会杀了我！现在，我什么也不能说，对方有许多人，像一个团伙，他们的残忍简直无法想象。

“因此，您一定要多加小心，谨慎行事……别忘了，什么也不要说出去……哦，挂电话了，挂电话了哟……那，爸爸，一定要来接我哟……”

听那头挂电话时传来的声音，好像是旁边那个家伙从布引照子手里一把夺走听筒挂断了电话。布引庄兵卫立刻通知电话局，让他们调查电话是从什么地方打来的。调查结果，对方十分狡猾，是在公共电话亭里打的。

不用说，他们肯定担心布引庄兵卫通知警方追捕他们，这样，即便通知警方赶到那里，歹徒也早已溜之大吉。

布引庄兵卫按照女儿照子在电话里说的，决定不向警方报案。像这样的情况下，如果不按照绑匪的要求去做，通常会遭到无法挽回的损失。类似这样的例子，为数不少。

歹徒的目的很明显，要钱，只要五千万日元到手，他们就不会加害照子。眼下除了按照歹徒说的去做，别无他路。

五千万日元虽说是一笔巨款，但对于大富豪布引庄兵卫来说，犹如从牛身上拔一根毛，只要能换回心爱的女儿，这只能算作小钱。

财大气粗的布引庄兵卫丝毫没有犹豫，决定拿出五千万日元赎回女儿。

## 女　子

就在布引庄兵卫深夜接到奇怪电话的同时，鸟井纯一也仿佛被狐狸精迷住了，深更半夜独自一人来到牛人町S住宅街上那幢空别墅。

那天夜里，鸟井纯一从布引家出来，陷入深深的怀疑之中，在大街小巷徘徊了许久。

布引照子究竟是不是死了？也许她还活着？

就在他将信将疑思索的时候，不知不觉地来到了S住宅街，并且还来到了可疑的空别墅门前。

布引照子如果还活着，绝不可能住在这里。

他一边想一边眺望陈旧破烂的别墅，也不知怎么回事，居然大摇大摆地朝大门里走去。

他只稍稍用手碰了一下，门便开了。

他一脚跨入门槛，黑暗中，一股不知什么东西腐烂的味儿直冲鼻孔。这里，阴森得简直难以形容，鬼使神差般的将他推入魔鬼住宅。

周围野草丛生，草枝相互纠缠在一起，分开草丛朝里走，脸不时地碰上悬在空中的蜘蛛网。茂密的野草长得与膝盖一般高，鞋底全被打潮了，湿漉漉的，感觉像在泥潭里行走，脚下还不停地传出啪嗒啪嗒的声音。黑暗中，他脑子里突然浮现出这么一个念头来。

啊，我是在做可怕的梦。

空荡荡的别墅院子里又暗又静，身处这种境地仿佛与世隔绝一样。

唰，唰，唰……他不停地分开树枝，在院子里曲曲折折地行走。这时，前面猛地出现了一块类似电影院里的长方形银幕的东西。

院子里屋檐下的防雨门有一扇是开着的，房间里有一盏蜡烛，烛光呈现出暗红色。随着视线逐渐习惯黑暗，里面变得像银幕那样雪白雪白的。

敞开的防雨门里的“银幕”，渐渐映照出模模糊糊的人影来。

烛光，慢慢地从人物的胸部朝上移动。

“啊！照子小姐！”

鸟井纯一使劲儿克制自己，险些叫出声来。

微弱的烛光里，随着火光的左右飘动，坐在面朝院子屋檐下面的布引照子也跟着晃动。无疑，是理应已经死去的可爱的布引照子。

她果然还活着！并且在等我救她出去。是照子的这个心意，把我带到了这里。

鸟井纯一全身渗出了冷汗，心紧张地跳动。

他像游泳那样拨开草丛朝布引照子靠近。

“啊，鸟井君，你果然来了！”

突然，暗红的烛光里，女子开口说道。可是她的身体没有转过来朝向鸟井纯一。

这模样与梦里的感觉十分相似。

但是，鸟井纯一没有时间考虑或者用怀疑的目光审视。

“啊，太好了，照子小姐，我是来接你回家的。原来，你独自一人待在这么寂寞的地方！是谁把你强行带到这里的？那家伙到哪里去了？是不是躲在里面监视你？”

越走越近，鸟井纯一把手搭在推拉门上，望着坐在距离自己两米左右的榻榻米上的布引照子的脸，慌慌张张地问道。

“不，没有其他人，就我一个！我呀，在等你哟！”

布引照子回答时，脸在烛光里显得十分寂寞和冷淡，没有丝毫笑容，看神情和模样仿佛她是来自其他世界的女神。

“好，我们现在回家吧！你快些出来，我送你回家。”

鸟井纯一催促道，可布引照子的身体一动不动。

“不，我现在还不能回去。与其说让我回去，还不如你进来吧！我俩在这安静的榻榻米房间里，可以慢慢交谈。”

布引照子这番话，令鸟井纯一感到满腹狐疑。

她一定遭到了歹徒的虐待，脑袋变得迟钝，不正常了。想到这里，鸟井纯一心里突然涌出一股怜悯之情，觉得布引照子太可怜太寂寞了。

为了带布引照子回家，鸟井纯一脱去鞋子，踏上院子屋檐下面的台阶。

布引照子头上，仍旧梳着照片上见到的高岛田式发型，不过稍稍有点儿凌乱，额头上垂着一些松开的头发。

鸟井纯一把手搭在布引照子肩上。

搭在照子肩上的手似乎触动了什么开关似的，与此同时，烛光“啪”地熄灭了。周围顿时变得漆黑一团。

“不行！火灭了，我得立即点上！”

鸟井纯一慌张起来，企图把手伸向口袋里寻找打火机。

这时，手却被女人温暖的手握住了。

“不，就这样好了。还是别点亮蜡烛！鸟井君，蜡烛是我吹灭的。”

话音刚落，鸟井纯一被紧紧地抱在柔软的怀里。

“哈哈哈……鸟井君，我已经等了你很长时间了。”笑声摇曳着黑暗。

“啊，这声音……你是谁？你不是照子小姐吧？”

鸟井纯一吃惊地紧盯着黑暗中根本看不见脸的对方。

如果女子是布引照子，那就奇怪了。以往，她的举止从不这样轻浮。再者，声音也不像她，完全是别的女子。要么，就是她精神癫狂了。

“不，我是照子！是你的照子哟！哈哈哈……”黑暗里传来笑声。

是布引照子的声音！

“我呀，喜欢你，喜欢得简直想杀了你！”

话音刚落，柔软的女人的手缠住了鸟井纯一的脖子。

“你别闹了。好了，快回去吧！你爸爸和妈妈正在为你担心呢……”

不料，话刚说了一半，后面的话被卡在喉咙口。女人的手像蛇那样缠住他的颈子，并且使劲儿发力，劲儿越来越大，眼看他快要窒息了。

“呜，呜，别那样好吗！你，你……到底想干什么呀？是不是想得太多了……呜，呜……”鸟井纯一痛苦地扭动身体。

“哈哈哈……我实在也是没有办法！我要杀了你！明白了吗，鸟井君？”

黑暗里又传来陌生女子的声音。

鸟井纯一全身的血凝固了，用不断发出嗡嗡响声的耳朵听着对方说的话。终于，他恍然大悟了。

“啊，你是恶魔！恶魔……恶魔……”

鸟井纯一痛苦挣扎，最后一声惨叫从嘴角迸出。

# 相　遇

第二天上午十点，布引庄兵卫带上五千万日元赎金，悄悄来到S住宅街那幢空别墅。

他走进大门，推开玄关门，小声喊了一句，希望有人给自己带路。

在伸手不见五指的黑暗里，一个男子径直朝他走来。是猩猩男子，一身司机装束。布引庄兵卫一看见这家伙，便立即想起他就是照片上的那个“女婿”。尽管服装变了，可那猩猩模样的脸……顷刻间，糟糕的心情简直难以形容。

“我是布引，带来了电话里约定的东西，能否把女儿交给我带回去？”

他极力克制着糟糕透顶的心情，不仅如此，他还克制着冲上去用拳头狠揍对方的冲动，用平和的语气问对方。

“哦，你就是布引先生吗？已经恭候多时了，请进吧！”猩猩男子说道。

“不，我不进去了，请立即把我女儿领到这里来！钱，我已经带来了。”

“嗯，是这样的，小姐正在换衣服，请进来边休息边等不行吗？”

“哦，那好吧，请带我到女儿房间。”

他经不住对方的劝诱，麻痹大意地走进了玄关。

“房子太暗了！为什么要关上防雨门？”

“嘿嘿嘿……因为是空房子。”

猩猩男子脸上露出淡淡的令人畏惧的笑容。

“你就是制造这起阴谋的人？我看过那张照片，难道你真与我女儿结过婚了？”

“嘿嘿嘿……不好意思，小姐是我们非常重要的商品。买主嘛，当然是你喽！照片是有力的证据，证明我们的工作不是撒谎。”猩猩男子的话语里充满了调侃。

“那，我女儿在哪里？”

“在这里，就在隔扇那边。”猩猩男子把手搭在隔扇上。

“看上去好像就你一个人，你能行吗？我领回自己女儿，而且连一分钱也不交给你。这，你难道没有考虑过？”

“嘿嘿嘿……我们怎么会有这种失误？看上去我是一个人，可我一个人怎么干得了！这隔扇那边，除你女儿外还有一个你非常熟悉的男子。嘿嘿嘿……我们已经调查过，你没有报警，是独自一人来的。”

“哈哈哈……果然是你们这群歹徒。但是，按照你们说的金额，我一分没少地带来了哟！如果你们想骗我，不交还我的女儿，就让你们尝尝这个。瞧！这是什么？谁都知道我的枪法百发百中！”布引庄兵卫掏出手枪，朝猩猩男子示威。

“别，别误会，我们绝对不会做欺骗人的事情。我们也认为这是一笔大买卖，非常珍惜这次机会。好了，请进！”猩猩男子一边说，一边移开隔扇。

但是，那个房间暗得没有一丝光。照子究竟坐在哪里，一时难以看清楚。

“喂，怎么这么暗呀！”他把脸探到房间里，瞪大眼睛望着里面。

猛然间，从隔扇背后跳出个身着白衣的家伙，鼻子和嘴巴被遮住了。

他吓了一跳，往后抽身，但被不知什么时候站在自己背后的猩猩男子紧紧抱住。那家伙的两条手臂宛如铁钳。

“呜……呜……”他一边挣脱一边摇晃脑袋。

就在这时，一股刺眼冲鼻的味儿迎面扑来。

没多久，布引庄兵卫便失去了知觉。

从隔扇背后蹿出的白衣家伙，无疑拿着沾有麻醉剂的毛巾。而猩猩男子，则悄悄来到背后一把抱住了布引庄兵卫。

也不知过了多少时间，他像从梦中惊醒似的睁开眼睛，发现自己躺在漆黑的房间里。

糟糕！我上歹徒的当了！他用手摸了一下身体周围，那只装有五千万日元的包不见了，手枪也不见了，口袋里是空空的。

失败了！上了两个歹徒的当，自己太愚蠢了。

眼下不管怎么后悔，已经来不及了。布引庄兵卫站起来，好在他身上没有受伤，总算命保住了。他用手摸着墙来到面朝院子的入口处，打开防雨门。开始只打开了一扇，无法看见周围完整的情况。

两扇，三扇……他接连打开了其他的防雨门。

虽说是多云天气，可耀眼的光线射进室内，房间里顿时亮堂起来。布引转过脸，环视整个房间。

忽然，他两条腿似乎变成了烧火棍，呆呆地站在那里，两眼直发愣。前面不远的地方，一男一女两具尸体重叠着倒在地上。

下面那个仰卧的女尸是布引照子，上面趴着的男尸是鸟井纯一。看来歹徒没有撒谎，这里确实有照子。

猩猩男子说，还有一个是我认识的男子，果然，是鸟井纯一。可此刻，这两个人都已经死了。

布引庄兵卫面对眼前的惨景茫然不知所措，瞪大眼睛望着两具尸体，心里充满疑惑，这些歹徒为什么要杀害他俩？

既然夺走了赎金，按理说，没有杀人的必要了。

稍稍走近一看，鸟井纯一的颈子上有青色的痕迹。无疑，他是被掐死的。随后，布引庄兵卫又看了一下女儿照子的皮肤，不由得扭过脸去。

布引照子脸上被涂了厚厚一层粉，粉脱落后裸露出死人特有的紫色斑。根据鸟井纯一的皮肤颜色判断，好像他死去没有多长时间，而布引照子皮肤的颜色，足以证明她已经死去多日。

# 名　片

布引庄兵卫赶紧跑到当地警署报了案。

接到报案，警视厅立即派出警力赶赴现场搜索。结果，现场没有留下任何蛛丝马迹。也就是说，歹徒不仅没有留下任何东西，也没有留下任何指纹，更没有办理任何租房手续。这幢破旧的别墅，竟然白白被歹徒使用了很长一段时间。

而业主面对警方讯问，也是一问三不知。

布引庄兵卫也好，鸟井纯一也好，在他们的熟人中间根本没有与他们结仇的。目前能成为线索的，只有两条。

第一条线索，是结婚纪念照片上的猩猩男子。这家伙是歹徒中的一个，与布引庄兵卫直接交谈过。

警方以结婚纪念照为线索，竭尽全力寻找猩猩男子。

第二条线索，是歹徒大胆的自我介绍。

歹徒在现场留了一张自己的名片，可那不是普通的名片!

搜查现场的警官们为了查验布引照子的尸体，都集合在尸体周围。

经过长时间停放的尸体，散发着一股难以形容的臭味。警官费了好大劲儿，才脱去布引照子身上的衣服。

布引照子尸体灰色的背上，出现了惨不忍睹的伤痕。

“哦，太残忍了！”警官见状扭过脸去。

只见灰色背部上，有类似蚯蚓转圈爬动的黑色伤痕。

怎么会有这般形状的伤痕?

“瞧，这好像是字的形状！瞧上面那个字，笔画十分复杂，像是一个‘恶’字，中间像是一个‘魔’字，下面的那个像是‘王’字。连起来读，是‘恶魔王’。”其中一个警官大声说道。

经过仔细辨认，那伤痕确实是“恶魔王”三个字。

歹徒特意用刀在尸体的背上刻了这三个字。

他们为什么要这样做?

莫非，歹徒以此告知团伙名称?

“歹徒太狠毒了！”聚集在现场的人们，都被歹徒残忍的手段惊呆了。

这起骇人听闻的事件，立即被报社、电视台以及电台当作号外新闻向全国作了报道。人们得知这一消息后都大惊失色，凡两三人聚集在一起的地方，便会自然而然地议论起来。

歹徒为什么要这么残酷？“恶魔王”究竟是谁？猩猩男子是人还是动物？众说纷纭，大家都在议论这起可怕的事件。

歹徒目空一切，居然还在尸体背上刻了“恶魔王”三个字，以此做广告。那个长得像猩猩模样的男子，竟堂而皇之地被印在照片上。虽有这么一条清楚的线索，可警方竭尽全力，还是没有找到新的线索。

恶魔王是谁?

为什么要如此残酷？谜一般的悬念摆在人们面前。

这种找不出真正原因的案件，在警视厅的侦查记录上还是头一回。一直以侦查技术高超而自豪的警视厅警察们，个个目瞪口呆，哑然失色。

这帮歹徒似乎技高一筹，根本不把警察放在眼里，向警方挑战，好像在说，你们警察睁开眼睛好好看看，就凭你们这样的头脑，能抓住我们?

恶魔王！惊世魔王！

# 挑　战

大侦探明智小五郎，是被杀害的鸟井纯一的朋友。

“太让我伤心了！鸟井君，我一定要抓住杀害你的凶手！一定让恶魔王的真相暴露在光天化日之下！”

明智小五郎在心里暗自发誓。

一天，明智侦探事务所来了一个漂亮女子，说要拜访大侦探。

她叫花园京子。

花园小姐的父亲是赫赫有名的实业家，她的生活条件非常优越，可以说应有尽有。她本人天生就有音乐天赋，毕业于音乐院校，加之经常入选各种大奖赛，已经是小有名气的女高音歌手。

她平时酷爱侦探推理小说，在某次侦探推理作家聚会上认识了明智小五郎。那以后，两个人经常来往。

明智小五郎察觉到，今天光临的花园京子与往日不同，脸上表情闷闷不乐。

“你怎么啦？碰到什么不称心的事啦？”

“是的，怎么会发生这么奇怪的事情！哦，我像喝了迷魂汤似的，不知道到底发生了什么事。”

花园京子从皮包里取出小纸包放在桌上。

“什么怪事？”

“今天早晨我去送一个同学，在东京车站的站台上，有一个怪男子主动找我说话！”

“那后来呢？”

“他悄悄递给我这个小纸包，并说‘这是你订购的药，你服下它嗓音会变得更加美妙’，说完人不见了。”

“你没有订购那样的药？”

“是呀，没有订购过。”

“那，这男子你认识吗？”

“当然不认识啦！他长头发，身穿黑衣服，戴着宽边眼镜，看上去像画家。”

花园京子这么一说，读者们心里肯定明白了：啊，不就是眼镜男子吗！

是的，猩猩男子盗来照子尸体，由眼镜男子给尸体化妆。

当时，他身上穿的也确实是黑衣服，一身画家打扮。

但这些情况，明智小五郎是不清楚的。

桌上放着“使嗓音变得更加美妙的药”，大侦探一边打开纸包一边问："这，这里面真的是药吗？"

"是的，颜色是黑的，大小像米粒，看了叫人恶心。"

"你大概没有服用吧？"

"当然，万一是毒药可就糟了！"

正像花园京子说的那样，纸包里是五颗黑颜色米粒般大小的药丸。

米粒般的药丸让人感到奇怪。

大侦探将米粒般的药丸翻来覆去地观察，好像发现了什么，突然站起身来，从桌子抽屉里取出显微镜，将米粒药丸放在镜下仔细观察。

"京子小姐，这是普通米粒。你仔细瞧，这黑颜色表面好像写着什么？这么小的字像微刻，不用显微镜无法辨认。瞧！字距很紧凑，写得满满的。"

"啊！是真的吗？"

"你瞧！三个字一组，有十几组，排列得非常紧凑。"

花园京子也把眼睛凑在显微镜上观察，米粒表面排列着许多黑色的字。

恶魔王　恶魔王　恶魔王　恶魔王

恶魔王　恶魔王　恶魔王　恶魔王

"瞧！写的是'恶魔王'……"

花园京子吃惊地望着大侦探的脸。

"是的，就是杀害我朋友鸟井纯一的凶手。这家伙又开始兴风作浪了。上次，他在布引照子尸体的背上刻了‘恶魔王’三个字，没想到这次是刻在米粒上。该死的凶手，果然知道我对这起案件抱有浓厚兴趣，向我挑战来了！”

“啊，太可怕了！我该怎么办呢？说不定我已被那家伙盯上了！”

花园京子吓得脸色苍白。

“哈哈哈……不管那家伙是什么样的恶魔王，不可能轻易对你下手。你就放心吧！有我呢，我会保护你的！”

大侦探温柔地安慰着瑟瑟发抖的花园京子。

花园京子说，她一个人不能独自回家，担心途中再遇上那个恶魔王。于是，大侦探作为保镖，一直把她送到家里。

# 喷　　字

第二天，大侦探接到住在镰仓的朋友家的用人打来的电话，希望他亲自去朋友家："我家主人有急事与您商量，不凑巧感冒了，正躺在床上养病，非常冒昧，想请您光临寒舍。"

接到朋友用人的电话，大侦探按照约定的时间出门去了镰仓。

也不知何故，患感冒的朋友却因急事突然去了东京，家里没人。问了他的用人，用人说不曾打过那样的电话。咦？奇怪，昨天的"微刻"分明是向我挑战。也许是施调虎离山计把我骗到镰仓，再伺机对花园京子下毒手？看来，花园京子可能遇上麻烦了。大侦探想到这里焦急起来，打算立即返回东京，于是匆匆走出朋友家的玄关。

就在这时，一个奇怪的东西映入眼帘。那是夹在报纸里的广告纸片，上面印有模模糊糊的大字。纸片被风刮了起来，呼啦呼啦地在地上转圈。大侦探的视线紧跟着它，忽然，纸上出现了“恶魔王”三个大字。

怎么回事？大侦探迈开大步追那张纸片，费了好大工夫终于抓住了它。

纸片上排列着三个大字，与昨天看到的米粒上的字一样：恶魔王。

显然，这是歹徒的宣传广告！

歹徒简直丧心病狂，居然发展到把自己的恶魔名字印在广告上宣传。他不是白痴，便是精神不正常。这种举动，酷似淘气孩子玩弄的恶作剧。查阅一下世界犯罪史，一些不可理喻的罪犯都是这样的类型。他们的思维逻辑与常人不一样，以反常人之道为乐。罪犯求虚荣外表，以犯罪追求他们所谓的满足。

大侦探一边思考，一边不经意地仰起脸眺望镰仓的海岸。

咦，出什么事啦？已经过了夏季，现在已经不是适宜海水浴的季节。可是沙滩上人山人海，像酷暑时那样热闹非凡。这么多的人并没有穿泳装，似乎都是附近一带的居民。其中，也有来自东京的游客。他们不约而同地抬头眺望天空。

啊，是在看飞机吧？

大侦探察觉到了，也把视线投向天空。

这算不上什么稀奇的飞机，怎么会有那么多人把目光聚集在那里？

平静的海面上是一大片湛蓝的天空，有一架飞机在那里一边飞行一边绘制着曲线。飞机屁股上拖着白色烟带。人们被烟带深深吸引住了。那架飞机时而逆转，时而顺转，时而下降，时而上升，在辽阔的空中自由自在地飞行。白色烟带则在蓝天上绘出了不可思议的曲线。

“咦，好像是字！瞧，飞机用喷出的烟雾绘制各种线条。”有人高声嚷道。

仔细看，空中出现了长宽约一百米的英文字母。首先是E，接着，飞机“嗖”地逆转，随后出现的是M，然后是O，再接着便是W、A、N、G。

天空中接连出现了超大的怪字母：

E MO WANG

是“恶魔王”三个字！

“啊，是恶魔王！是恶魔王！”恐惧的叫声在人群里此起彼伏。

恶魔王在炫耀自己，在天空上向世人公布恶名，也是在向世人挑战。

不一会儿，恶魔王的飞机无视喧哗的人群，渐渐地消失在地平线外的空中。

# 追　踪

由烟带组成的英文字母还在飘动，模模糊糊地映在天空上。

等人群散去，大侦探独自伫立在海岸上观察。

突然，他发现距离自己二三十米远的沙滩那边，站着一个怪男子，目光紧盯着自己。奇怪！这家伙为什么这样看我？

男子一身乞丐打扮，蓬头垢面，破衣烂衫。

咦！这乞丐干吗老是盯着我看？

大侦探也把目光投向那里。于是，男子背对着他步履蹒跚地走了，一边走一边不停地回头看，形迹非常可疑。

大侦探迈开大步追上去，沿着沙滩忽左忽右地追着。乞丐一直不停地走着，但漫无目标，像在海滩上散步，也许是想让“尾巴”明智小五郎感到厌烦而自动停止跟踪。

乞丐打扮的男子转起了大圈子，在沙滩上足足走了三十分钟。

忽然，站在高高堤坝上的五六个孩子大声叫嚷，手指着一前一后走路的乞丐和明智小五郎，嘴里哇啦哇啦地说着什么。

“那是字！两个叔叔在沙滩上写字呢！瞧，你认识吗？”

“当然认识啦！那叫E。”孩子们的对话传到了大侦探的耳朵里。

孩子们在说什么？

他回头看，怎么看也不觉得像英文字母，但孩子们居然说它是E，奇怪！

他猛地察觉到了什么，立刻沿着陡坡朝高高的堤坝上跑去，随后问道：

“喂，你们在喊什么？你们说的英文字母在哪里？”

孩子们立即用手指着下边说：“叔叔，你自己写的字，难道你不知道？瞧，是那个哟！”

顺着他们手指的方向朝沙滩望去，只见沙滩上乞丐男子踩过的脚印和自己的鞋印重叠在一起，形成了异样的曲线。

原来如此！

他爬到堤坝上俯瞰，脚印绘制的字母非常清楚，直径大约五十米，是几个特大的英文字母。那么大的字母，连绘制者大侦探本人也丝毫没有察觉。

E MO WANG

果然是表达“恶魔王”意思的七个英文字母。

也许是空中烟雾英文字母的影子？

大侦探的心情也变得奇怪起来，抬起头眺望天空，可刚才出现在空中的烟雾英文字母已经消失。

嗯，做这种事实在是又愚蠢又浪费时间！像淘气的小孩儿！

大侦探面对这样的对手，感到茫然，一时又无法弄清对方的真实面目。他从事侦探工作以来，还从未与这样的对手较量过，这种歹徒大概属精神病患者。

可转而一想，歹徒的所作所为有条有理，看来不像精神不正常的人。

大侦探深深意识到，对手向自己展开的攻势越来越凶猛。布引照子小姐和鸟井纯一君的事件，仅仅是歹徒的一个小动作而已。

下一步他们可能会有大动作，并且从幕后跳到台前寻衅滋事，在世上张扬自己的恶名，简直不可思议！

大侦探望着前面的乞丐。

哦，对了，这家伙很可疑！在沙滩上书写“恶魔王”，肯定是恶魔王的手下！

乍一看，乞丐距离自己并不远，可仔细目测，似乎已经超过了五六百米。人影渐渐变成豆粒般大小。瞧，他还在不停地朝前走。

“畜生！看你往哪里跑！”

大侦探大步跑下堤坝，追赶前面那个即将消失的乞丐。渐渐的，距离越来越近。乞丐似乎感觉到身后有“尾巴”，并且离他越来越近，于是撒开双腿飞也似地奔跑起来。但他再怎么跑，终究比不上“尾巴”的速度。

“站住！我有话要问你。”

明智小五郎终于追上乞丐，一把拽住了他的肩膀。

# 女 主 人

不料，乞丐脸上没有一点儿惊慌失措的表情，摇摇晃晃地站着，还不时地转过脸朝后看。大侦探与乞丐的距离仅三十厘米左右，两个人双目对视。

大侦探暗暗吃了一惊，忽地松开手。

乱蓬蓬的长发遮盖着乞丐的整个脸，大侦探无法知道这家伙究竟长得什么模样。虽说迄今为止还没见过猩猩男子，可见了这副奇怪模样，他立即明白了。

一定是这么回事！乱蓬蓬的长发肯定是发套！假发下是狭窄的额头，眉毛下是凶神恶煞的眼睛，扁平的鼻子下是厚厚的嘴唇，洁白的牙齿向前凸出。

猩猩男子那表情似乎在说："怎么？吃惊了？"接着，哈哈大笑起来。

他为了吓唬大侦探，故意引诱其追赶，借机显示恶魔王的威力，等对方吃惊时伺机逃跑。

猩猩男子抓住大侦探片刻犹豫的间隙，“嗖”地像一阵风跑了起来，这种速度快得令人咋舌。

“畜生！站住！”

顿时，大侦探心中无名火起，而且越烧越旺，恨不能一口吞下这个怪物。他相信自己的奔跑速度能胜过对手，于是撒开双腿追赶起猩猩男子来。

在荒无人烟的沙滩上，猩猩男子和明智大侦探一前一后狂奔，好似田径场上的激烈比赛。

猩猩男子奔跑了两三百米后爬上一座沙丘，转弯来到街上。

有一幢孤零零的大型别墅高高耸立在那里，别墅前后是树林和草地，显得十分冷清。猩猩男子穿过建筑物的篱笆和水泥围墙后，时而朝右转弯，时而朝左转弯，泥鳅似地逃窜。

这时，也许迷失了方向或是认错了路，男子一头钻入围墙与围墙之间的死胡同，已经无路可逃。

好极了！我终于抓住他了。

大侦探百米冲刺般地追了上去，二十米……十米……猩猩男子蜷缩在围墙下面没有动弹，似乎踌躇不安。不，也许是等到大侦探靠近后反扑？

猛然间，猩猩男子像动物园里的猴子，飞身朝围墙上跳去，眨眼间越过三米高的围墙，蹿入那幢不知是谁家的大型别墅的院子里。

大侦探见对手能飞檐走壁，不由得吓了一跳。刹那间，他直愣愣地站在围墙下不知如何是好。那家伙可能不是人！动作如此神速，弹跳力如此超常，比猫还灵巧。

大侦探感到困惑。他无法爬上这么高的围墙，只有赶紧绕到正门前面，按铃后与这幢别墅主人说明原因，得到许可后才能进入院子。

“喂，快出来！你如果不出来，我就在这里等你，哪怕等到晚上！”大侦探故意拉大嗓门朝围墙里喊道，因为，猩猩男子很有可能再越过围墙逃走。

他大声叫嚷后，踮起脚尖，不声不响地绕到正门口。

好在大门敞开着，他赶紧穿过大门跑到玄关按铃。

正巧玄关门开了，从里面探出一张美丽的脸来。

“咦，这不是明智大侦探吗？”女子非常惊奇。

“哎，你是夏子小姐！我凑巧有事，正打算拜访别墅主人。”大侦探着急地说。

女子叫喜多川夏子，也是在侦探推理爱好者的聚会上认识明智大侦探的。

“你说主人……这里，是我的家呀！”喜多川夏子笑嘻嘻地说。

大侦探虽说见过喜多川夏子多次，还收到过她的信，信封上也写有住宅地址，可一次也没有登门拜访过。

喜多川夏子居住在这么豪华宽敞的别墅里，令大侦探深感意外。他曾听别人讲起，喜多川夏子曾经是一个大富翁的太太，后来，大富翁死了，她作为遗孀，坚持过着守寡的日子。

“原来是这么回事！这儿真是你的家？”

“是的呀，快，快进来！我刚准备出门，可没关系，不必介意。请进！说心里话，太欢迎了，平日里就是请你也请不来的！”

“我现在还静不下心来，可否让我搜索一下贵府后院？还有，你有没有见过一个可疑男子？”

“男子？没有呀！我家后院怎么啦？”喜多川夏子奇怪地问道。

“总之，请允许我察看一下贵府的院子，原因我等一会儿跟你说。”

说完，大侦探打开通向后院的门，朝别墅后面的院子跑去。

过了一会儿，只见他垂头丧气地回来了。

“那里是草坪，找不到脚印，那家伙果然又翻越围墙逃走了。”

“什么？谁闯入我家院子了？好可怕！到底是谁？”喜多川夏子胆怯地问道。

“请允许我借用一下贵府的电话，这情况必须向警方通报。”大侦探走进房间，一只手拿起听筒一只手拨起了电话号码。

喜多川夏子的耳朵里，传来大侦探和警方通电话的声音。

什么恶魔王啦，猩猩男子啦，总之，离不开这两个名词。她似乎突然间明白了什么，脸色骤变。

“啊呀！猩猩男子怎么啦？也许……”

喜多川夏子见大侦探搁下话筒，赶紧上前问道。

“别慌里慌张的！是这么一回事，那个猩猩男子翻越贵府的后围墙逃入你家院子里了。”

一听这话，喜多川夏子立刻瞪大眼睛，显得万分惊恐。

“那糟啦！”话音刚落，她步履蹒跚地直往后退。

# 怪　物

片刻后，数名警官赶来了。

“你是说猩猩男子闯入这幢别墅了？”

警官们不仅在院子里，而且还将别墅内的几乎每一个角落都仔细搜查了一遍，结果，根本没见着猩猩男子。

“肯定是在我绕到前门时，那家伙翻越后墙逃走了。”

大侦探十分后悔。

警官走后，喜多川夏子拉住大侦探的手不放。

“就我一个女人在家，不放心！就是您有急事，也请稍稍休息一会儿。”

面对喜多川夏子的一再挽留，大侦探无可奈何，客随主便地来到房间里，与她闲聊起来。

喜多川夏子的丈夫去世的时候，她还很年轻，才二十五六岁。现在，她仍然是一个风姿绰约的美女。

俩人说着说着，不知不觉黄昏来临。这时，用人说晚饭已经准备好了，请两位用餐。

在喜多川夏子的引导下，大侦探来到餐厅。

“我在丈夫去世后没有配备专门厨师，因此，用人烧的饭菜可能不合您的口味，请原谅。”

喜多川夏子往明智小五郎的酒杯里倒上啤酒，随后也往自己的酒杯里斟满，喝了一口。

大侦探吃完晚饭，觉得是该回去的时候了，便站起身来说：“谢谢你的盛情款待，我告辞了。”

“别忙着走好吗？能在寒舍里拜见大侦探真是太高兴了！现在，我叫用人煮壶咖啡，你再休息片刻。”喜多川夏子挡住大侦探，离开房间出去了。

突然，不知从哪个房间里传来女子尖声的呼喊。

“怎么回事？”大侦探急忙竖起耳朵辨别。

“救命！救命！明智先生！”是喜多川夏子的声音。

大侦探立刻站起身来朝走廊跑去。

走廊尽头，只见用人哆哆嗦嗦地站在那里，用手指着走廊尽头的房间。呼喊救命的声音，就是从那房间里传出的。

大侦探猛地推门闯入房间。

“畜生！你居然还在这里！”

大侦探不由得大声呵斥道，抓起手边的一把椅子。

那家伙是猩猩男子！

猩猩男子骑在喜多川夏子的身上，双手紧紧掐住她的喉咙。

“你别添乱！滚到一边去！”

猩猩男子怒目圆睁，狠狠地瞪了明智小五郎一眼。

“住手！再不住手我就砸死你！”

大侦探晃动着椅子，摆出准备朝猩猩男子扔的架势。

“快，快……揍这个家伙……”

喜多川夏子上气不接下气地嚷道。

“混账！那我就让你尝尝我的厉害。”

大侦探用力将手中的椅子朝猩猩男子的头上砸去。

“啊哟！”

猩猩男子发出悲鸣，松开喜多川夏子，站起身，裸露出大白牙，朝明智小五郎吼叫着猛扑。俩人顿时扭作一团，在地上滚来滚去。

大侦探以前学过柔道，还获得了三段级别的称号。可遇到这种像野兽般的家伙，柔道功夫根本不起作用。就在他俩扭打得难解难分的时候，终于，大侦探敌不过猩猩男子，被他骑在身上。

“你这个外强中干的家伙，我今天非杀了你不可。”

猩猩男子用两只毛茸茸的手死死掐着明智小五郎的脖子，而且越掐越紧。

大侦探已经竭尽全力，可就是翻不过身来，由于被掐着脖颈，他的脸渐渐变成了黑紫色。

“嘿嘿嘿……还是个大侦探呢，根本就不管用……怎么样？吃不消了吧？你就再忍耐一会儿吧！不需要多久你就会失去知觉的，那个世界正在欢迎你去呢！有什么话要我转达吗？嘿嘿嘿……要有就快说！”

猩猩男子觉得有趣，两只掐着脖子的手，时而放松，时而掐紧。忽然，他的杀性又起，两只手上的劲儿越使越大。

这时，传来“砰”的一声枪响，窗玻璃稀里哗啦地纷纷掉落在地上。

“喂，快松手！听见我说话了吗？快松手！否则，我就要朝你的脑袋射击了。”

距离扭打在一起的两个人不远的地方，喜多川夏子不知什么时候握着手枪站在那里。可握枪的手，好像在微微颤抖。

没想到猩猩男子也怕子弹，赶紧松手站起身来，开始朝门那里慢慢地移动脚步。

“明智先生！快起来！没有受伤吗？”

喜多川夏子仍然握着手枪，弯下腰大声询问倒在地上的明智小五郎。

大侦探一边搓揉着被掐痛的脖子，一边迅速爬起。精疲力尽的他费了好大的劲儿，一站起来，立刻大声喊着追了出去。

“站住！站住！这一回我不会再让你逃走。”

猩猩男子趁喜多川夏子把注意力全部集中在明智小五郎身上的时候，撒开双腿朝门外逃窜。大侦探见状立刻冲到走廊上，紧追不舍。

猩猩男子弓着背沿着走廊奔跑，也许他迷路了，竟朝着与大门相反的方向疾跑。

走廊尽头是房间。

猩猩男子猛地推开门躲进房间里，大侦探也跟着闯进了那个房间。

那是一间客房，有一张床和两张椅子，还有衣橱。

能藏人的地方，也只有床底下。所有的窗关得紧紧的，内侧都分别上了插销，窗外面装有铁栅栏防盗网。

尽管如此，等明智小五郎闯入房间环视时，卧室里一个人影也没有。

不用说，大侦探进屋首先搜查床底下，其次搜索衣橱背后以及门背后，却没有发现猩猩男子的身影。

“奇怪！这家伙到底跑到哪里去了？”大侦探嘟囔着。

这时候，喜多川夏子提心吊胆地把脸探向房间。

“夏子小姐，真不可思议！这家伙怎么突然间消失了？这房间不会有什么秘密通道吧？”大侦探歪着脑袋问。

“房间里不可能有暗道！那家伙真闯入这间卧室了吗？”

“这，我是绝对不会看错的，我与他就前后脚，要说时间，也只是差五六秒钟而已，奇怪的是，这家伙一闯入房间就无影无踪了。”

大侦探说到这里，一阵恍惚，仿佛自己是在梦中。

他又重新在卧室里搜查了一遍。

可是，别说人，就连只猫也没有见着。

猩猩男子可能会什么隐身术？也有可能是怪物？大侦探陷入沉思。

不，不可能。房间里，肯定有掩人耳目的秘密机关！

大侦探面对不知去向的对手，斗志越来越旺盛。

# 手　　臂

他再次打电话给警方，警方派人匆匆赶到现场进行搜查，结果仍然一无所获。警官走后，别墅里又恢复了宁静。

此刻，九点刚过。

“刚才，要是大侦探不愿意留下，我现在说不定就不在这里了。”

喜多川夏子情绪稳定下来后，向大侦探表示感谢。

“不，应该感谢你才是。刚才要不是你拿枪逼着他，我也许就没命了。”

“哎，我可怎么办呀？一个女子模仿开枪姿势，说出来太难为情了！可是，若当时不那样做，先生也许就危险了。”

“是的。那家伙是想掐死我。”

“这么说，我们俩都救了对方。先生救了我，我转危为安，同时我也救了先生。那，今天晚上，您就住这里吧！先生如果不愿意留在这里，我晚上肯定不敢睡觉或者无法安心睡觉。好吗？拜托了！再说，现在这时候去东京，一路上很不方便。就住这里吧！”

喜多川夏子撒娇般地说着，抬起头望着大侦探。

“你说得也有理。那这样吧！我再待一会儿，看情况再定。”

“那，趁先生在这里的时候，请允许我去洗一个澡。”

喜多川夏子说完就去浴室了。

片刻后，浴室里传出了令人揪心的喊叫声。大侦探猛地站起身来。

一定又是猩猩男子作怪，他肯定事先就埋伏在浴室里了！大侦探朝浴室跑去。

“糟糕！夫人……夫人……”用人用手指着浴室，吓得浑身发抖。

大侦探觉得不能再犹豫了，只有不顾一切地冲人浴室才能救出喜多川夏子。

于是，“嘭”的一声，他踢开浴室门闯了进去。

浴室里蒸气腾腾。大侦探站了好一会儿，才总算看清室内的一切。

“夏子小姐，怎么啦？”

蒸气里，赤条条的喜多川夏子不停地颤抖，目光呆滞。

“先生！这……就是这可怕的家伙，瞧！晃来晃去地浮在水面上。”

她用浴巾把全身围起来，手指着盛满了洗澡水的浴缸。

“那是什么？什么东西浮在浴缸里？”大侦探走到地上到处是水的浴室中间。

不会是猩猩男子吧？他一边这样想一边窥视浴缸里面。

“啊！”大侦探禁不住大叫一声。

漂浮在浴缸里的是一条人的手臂，好像是从肘关节那里割下的。一条令人毛骨悚然的手臂。

大侦探从浴缸里捞起那条手臂，放在白色地砖上。这事非同小可！人的手臂不可能从什么地方掉下来，肯定是什么人扔进浴缸里的。

“肯定是猩猩男子！肯定是他逃走时把这玩意儿扔进浴缸的。”大侦探说道。

这里既然出现了人的手臂，肯定就有人被割掉了手臂。看来，猩猩男子是在别的什么地方杀了人？！

“咦，这手臂上好像有字，是用墨汁写的。”大侦探紧盯着手臂上的字琢磨。

“恶……魔……王……啊，又是这几个字！又是那家伙的恶作剧！手臂上的‘恶魔王’三个字是用墨水写的，成了恶魔王的一张‘手臂名片’。”

“什么？在哪里……”喜多川夏子凑上来观察。

“啊，还真是那样……多半是什么人被杀了？！”

大侦探盯着手臂上的手指，长时间没有挪动身体。

渐渐的，他的脸色变了。

“啊呀，先生，您这是怎么啦？”喜多川夏子见明智小五郎脸色苍白，感到诧异。

“我好像在哪里见过这手臂？”大侦探好不容易从喉咙里挤出声音。

“什么？你说什么？”

“嗯，太可怕了！我知道这手臂是谁的。我希望我的判断是错的，如果那样是最好不过了。”

大侦探脸色苍白，转身欲走。

“先生！您到哪里去？最好带我走，去哪里都行……”喜多川夏子抱住明智小五郎，赤裸裸的身上仅仅是腰部以下围着浴巾用来遮羞。

“夏子小姐，快松手！我不能再待在这里了。因为这手臂是我一个非常亲密的朋友的。对不起，我要赶紧离开这里。”

大侦探从浴室里跑出去。

“先生，请你站住！我，我害怕！先生如果一定要离开这里，那我也必须离开，请无论如何带我一起走！”

喜多川夏子紧紧抓住明智小五郎的手，怎么也不松开。

“夏子小姐，对不起，我实在是不能再待下去了，必须尽快离开这里，回到东京核实这条手臂的主人。”

“先生！您这样做不觉得太狠心了？”

“你如果觉得不安全，可以立刻打电话报告警方，让他们来保护你。好了，我告辞了。”

大侦探挣脱缠着自己的喜多川夏子的手，径直朝大门外的街上跑去。

夜深人静的道路上，他刚跑了几步，就看到一辆正要从身边驶过的出租车，于是招手示意司机停车。

出租车停在他的旁边，他拉开后排车门钻了进去。

“去东京，请把车开快一点儿！”大侦探吩咐司机。

# 血　迹

深夜，出租车以最快的速度朝着东京方向疾驶。

车在位于千代田区曲町的花园京子小姐的别墅门口停下，他一看手表，已经十一点多了。大侦探一跳下车就按响门铃。

似乎早已知道明智小五郎要来这里似的，用人立刻开门请他到客厅。

“京子小姐没发生什么意外吧？！也许……”

大侦探一看到花园先生，连见面的寒暄都忘了，直截了当地问。

“什么，你已经知道了？你来得太及时了，正是我束手无策的时候。”花园先生深知明智小五郎的侦查能力，顿感心里有了依靠。

“那，京子小姐现在的伤势怎么样？”

大侦探心想，花园京子负伤后也许在卧室里睡觉，或许已经住院。不料，花园先生的表情变得奇妙起来。

“什么伤势？你听说什么啦？现在家里连京子的人影都不见了，急得我不知如何是好。并且家人谁也不知道她去哪里了。不是受伤什么的，连人也不见了。”

“这到底是怎么回事？请详细说说！”

花园先生说：

“那天上午十点左右，来了一个客人，说要面见京子。

“这男子鼻梁上架着一副宽边眼镜，胡须很长，把一封信交给了京子。京子看了那封信，便请那男子到自己的卧室。大约十五分钟后，男子便回去了。根据当时送男子出门的用人说，没有发现他身上有什么可疑的情况。

“那后来又过去了一个小时，用人去京子卧室喊她吃午饭，这才发现房间里没有她的人影。‘房间里没有小姐’接到用人的这个报告，全家人乱作一团，立即分头寻找，几乎每个房间每个角落，包括院子里的所有地方都寻遍了，仍没见到京子人影。她像散开的雾那样消失了。

“一家人围在一起相互询问，都说没看见她外出。她平时外出的衣服都在家里，连鞋子也没少一双。女孩子最讲究外表，京子不可能赤脚外出。

“有人说刚才那个客人值得怀疑。

“于是，大家分头去找那封信，也没有找到。京子的朋友和我们的亲戚那里，我都一一打了电话，得到的回答都是没有见到她。虽已经向警方报了案，但直到现在仍然没有任何一点儿消息。

“再也想不出什么办法了，大家心急如焚，唉声叹气，不知如何是好。

“就在大家一筹莫展的时候，听用人说，明智小五郎来了。我赶紧过来迎接你。”

对明智小五郎的到来，花园夫妇以及家人都非常欢迎。

“原来是这么回事！那，这个奇怪的男子回去时，京子小姐在卧室吗？当时没发现有什么变化吗？”大侦探问用人。

“我当时没有看见小姐，呼唤铃响了，我立刻去了小姐卧室，刚要敲门，只听小姐在里面吩咐说：‘你去送送这位客人！’

“接着，那客人独自开门走出房间。于是，我走在前面一直把他送到玄关。”

“后来你就没再见到小姐吗？”

“是的。不光是我，家中所有人都没有见她从前门或者后门出去。如果她是翻墙出去，那就是另外一回事了，可是……”

“那，我想去小姐房间调查一下。”大侦探对花园先生说。

“请！”花园先生走在前面给大侦探带路。

花园京子卧室里的摆设属欧式风格，面积不到二十平方米，房间一侧放有雕花写字桌、雕花转椅和雕花书橱等。

一个墙角放有高级梳妆台，还有一个墙角放有一架三角形钢琴。

大侦探一进房间，首先将视线投向铺在地上的地毯。赭色底，上面是黑色图案，质地又厚又软，属于高级地毯。

他在地毯上踱着方步，小心翼翼地察看。走着走着，忽然弯腰指着脚下的部位问："这是什么？"

地毯的主色调是赭色，耐脏，不太容易察觉油迹什么的。

大侦探仔细观察，发现上面有一块面积很大的污垢。

他用手指使劲儿搓揉，再用灯光照亮手指。

"果然是血！"他压低嗓音说。

"什么？是血？那，京子，也许……啊，已经清楚啦？请快说呀！我家京子是不是被人杀害了？"花园夫人已经泣不成声。

"不，我还不清楚，只是……"

"只是什么……到底怎么啦？"

"我在另一个地方看见了京子小姐的手臂。小姐手臂的样子我记得，那不会有错。手臂是从肘关节那里被割下的……"

"啊……"花园夫人大声惨叫，顿时瘫软在地，掩面痛哭。

"手臂在哪里？"花园先生脸色青一块紫一块的。

"我一看见手臂，急着赶来确认。可一发现这里有血迹，心里全明白了。手臂无疑是京子小姐的，她被恶魔王杀害了！"

"什么！你说什么？刚才，你说什么？被谁杀害了？"

"被恶魔王杀害了。恶魔王，你大概听说了吧？现在，就数这家伙闹得最凶，搅得人心惶惶的。他是个杀人魔王，还在京子小姐被割下的手臂上用墨汁书写了'恶魔王'三个字。"

这时，花园夫人又是一声尖叫，晕倒在地上不省人事了。

# 钢　　琴

“喂，别哭了！快爬起来！”

花园先生喝了一大口葡萄酒含在嘴里，猛地喷在花园夫人脸上。须臾，花园夫人终于苏醒了。

他劝花园夫人回卧室休息，可花园夫人说一定要弄清女儿的生死和下落，否则就是上了床也睡不着，怎么劝也劝不走她。

见花园夫人稍稍镇静下来，大侦探接着刚才的话说道：

“我是这样想的，那个来拜访京子小姐的戴宽边眼镜的家伙，肯定是恶魔王的同伙。这个人在小姐卧室里，首先采取了不让京子小姐出声的措施，随后砍下手臂带出这里，并用墨汁在上面写下了‘恶魔王’三个字，还想方设法让我看到。

“这就像最近发生的几起案件表明的那样，他们在玩十分残酷的游戏，目的是做杀人广告。但不可思议的是，如果只是手臂，可以遮人耳目带出去。那么京子小姐的尸体呢……

“不，虽然还不能确定小姐的死活，但……问题是，他们把京子小姐弄到哪里去了？这是第一个疑问。

“接下来的问题是，用人来到卧室门外走廊上的时候，从里面传出的是否是京子小姐的声音？是否是京子小姐吩咐用人送客人出玄关的？

“按理说，被砍下手臂的重伤员，不可能用平时那样的语气吩咐用人。如果那样，小姐被砍下手臂肯定是后来的事情。应该认为那个奇怪的男子与这起事件无关。

“不，不，恐怕不是那么回事。歹徒为了扰乱搜索视线，巧妙地上演了一出闹剧。可以这么说，歹徒本人模仿了小姐的声音。

“如果按这样的逻辑推理，经过也就清楚了。

“恶魔王曾在前一段时间把装有布引照子尸体的棺材盗走，再给尸体穿上和服，头发梳成高岛田式发型，制造与猩猩男子结婚的假象。

“照子的父亲布引庄兵卫，一天晚上驾车外出，在途中看见对面车的车窗里有已经死去的照子小姐，还喊了他‘爸爸’。听他说，那声音与照子小姐生前的声音一模一样。可我现在思考了一下，那声音模仿得应该是非常逼真。

“也许，歹徒使用了腹语术模仿照子的声音。”

明智小五郎一边说，一边在房间里踱着方步，时而看看放在那里的桌子和梳妆台，时而观察其他家具，还时不时地到处触摸，进行调查。

最后，他在那架三角钢琴前面停住了脚步。

“京子小姐美丽的嗓音，能否再听一次呢？”

他自言自语，像淘气的孩童，用手指轻轻地敲了敲钢琴键。

但琴键里只传出“咕”的一声，没有一点儿韵味和余音。

“咦，怎么回事？”他又敲了敲另一个琴键，发出的仍然是“咕”的声音。

“现在这么着急的时候，你还有心思弹钢琴。明智先生，必须立即把这一情况报告给警方，否则……”

听了花园先生的提议，明智大侦探仍慢慢吞吞地琢磨和观察，还不紧不慢地说：“这钢琴好像有问题，怎么会没有琴声？”

他边说边拨弄着琴键。

“那情况无关紧要。”

“不，不是那样的。我觉得很奇怪！这种怪异的琴声，我还不曾听到过。”大侦探用两只手从钢琴的这一端按到另一端，声音乱七八糟的。

咕，嘎，咕嘎，咕嘎……钢琴的声奇怪得让人无法形容，怪声音在整个房间里回响，像夹杂着金属的声音，又像笛子的尖细声音，而且，还不知是从钢琴的哪个部位传出的。

“咦？”大侦探的手松开琴键，但钢琴还是发出笛子那样的声音。

“那是人的声音吧？确实是……”大侦探回过头望着花园

夫妇。

“除我们三个人外没有其他人呀！”

花园先生胆怯地环视整个房间。

“不，是在钢琴里。”

“什么？钢琴里……”

“多半是我们要找的人！”

仔细一看，好像有人从里面将琴盖朝上顶，有双眼睛在朝外窥视。

大侦探把琴盖往上提起。

“啊，是京子小姐！你别急！”

花园京子被塞在狭窄的钢琴里，根本就无法转动身体。琴弦的振动，震醒了不省人事的花园京子。她用尽全身力气痛苦地喊叫。尖细的声音像笛声，从钢琴里泄漏到外面。

大侦探将瘫软的花园京子从钢琴里抱出，让她躺在地毯上。

“喂，京子，你可要挺住！”花园先生赶忙上前，附在女儿耳朵边喊道。

花园京子终于微微睁开眼睛。

“啊，她好像有知觉了？好极了，好极了！”

原以为被杀害的花园京子现在居然活着，花园夫妇俩异常兴奋。但是，花园京子的右手臂被残忍地割掉了。

恶魔王似乎并不想杀害花园京子，割下手臂后还将伤口紧紧包扎好，因此没有出多少血，保住了她的性命。

“京子小姐的左手上握着这样的东西，肯定是那男子送来的信。明智先生，请你看这封信！”

花园先生把信递到明智小五郎跟前。

花园京子小姐：

你好！

持这封信前来贵府拜访的，是我的一位朋友。他有事要对你说。我没有时间陪同，由他一人登门拜访，请务必接洽。

明智小五郎　敬上

“这畜生！竟然冒用我的名字！我根本就没有让任何人送过这封信。”

大侦探愤怒地说道。接着他把那封信翻转过来看了一下背后，上面是红色的铅笔字，字又大又潦草，简直无法辨认。

“这是什么……”

这才真正是恶魔王放在这里的信，一封恐吓信。

花园京子小姐：

我留下你这条命。

但是，你从今天起，绝对不能与明智小五郎有任何来往！如果你违背我的命令，下一回就要你的命。

恶魔王　敬上

大侦探歪着脑袋。

这到底是怎么回事？恶魔王要花园京子远离我，大概是因为我妨碍了他们？难道仅仅是为了这个？眼下不是研究这封信的时候。

“像这样的威胁和恫吓算不了什么！比起这个，眼下最重要的是京子小姐的伤势，必须赶快喊医生诊断！”大侦探把恐吓信放在口袋里，对花园夫妇说。

## 冰　手

花园京子的伤势好转后已经在医院休养了一个多月。

一个月来，为了不刺激恶魔王，大侦探没去探望她。

镰仓的喜多川夏子听说了花园京子的情况，立刻拜访明智小五郎。

喜多川夏子也由于“手臂事件”接受过警方的讯问。

“我们三个都被恶魔王整得苦不堪言。这家伙心狠手辣，我们要齐心协力提防他才是。”喜多川夏子义愤填膺地说。

大侦探顺便对她说起那封恐吓信。

“嗯，明智先生，我觉得你为了不给京子小姐增添烦恼，好长时间没有去探望她了，她一定觉得很闷。

“这样吧，我有一个好办法，我代替你去探望她。我作为先生的代表，告诉她是代表你专程探望她的，好吗？”

大侦探连连点头，表示赞许。

于是，喜多川夏子去医院探望了花园京子。

在离开医院回家的路上，她又顺便去了一趟明智侦探事务所，把花园京子的情况一五一十地作了汇报。

再过几天，是花园京子出院的日子。

花园先生打电话告诉了大侦探这一情况。大侦探觉得不会再刺激恶魔王了，便拜访了已经一个多月没有去过的花园别墅。

花园京子躺在父亲房间的大床上，还不能下床自由行走。选择父亲的卧室，因为那是整幢别墅里最安全的地方。

花园京子出院那天，不凑巧花园先生由于公司业务在身，必须外出两至三天。为进一步加强戒备，他雇用了三个大力士担任保镖，交替守候在卧室门口，二十四小时不断人。

大侦探觉得不能让病人太激动，谢绝了花园京子的挽留，从卧室里出来。

他见到这样的防范措施很高兴，也稍稍放下心来。

像这样二十四小时护卫，保镖又都是人高马大的大力士，就是恶魔王也无可奈何。

他边想边走，回到事务所。

不料，喜多川夏子早已在事务所客厅里等他了。

“先生，您去探望京子小姐了吗？她不会遇上什么危险吧？恶魔王告诉过她，如果先生与京子小姐交往，就会夺走她的性命，您这样去，她难道不危险吗？”喜多川夏子担忧地问道。

“没关系，你别担心，她不会有危险。花园先生雇用了三个大力士昼夜守护，再说京子小姐现在的卧室是最里边的那个房间。只有一道门，没其他出口，非常安全，窗外还装有铁栅栏防盗网。”

“哈哈哈……您以为恶魔王会因为那几个区区大力士就罢休了吗？先生，这想法可要不得呀！

“如果那家伙真来了，他才不管有没有出入口呢！无论有多少保镖，肯定难不倒那恶魔的。

“那家伙简直是一个魔术高手，就像他的名字恶魔王那样。今天夜里，京子小姐那里也许会有危险。”

喜多川夏子一番担忧和刺耳的话，让大侦探感到不安起来。两个人围绕着恶魔王作案的手法，你一句我一句说了好一会儿。

快到黄昏了，喜多川夏子起身告辞回家。

夜里十二点了，果真像喜多川夏子说的那样，会发生恐怖事件吗？

躺在床上看书的大侦探，听到刺耳的电话铃声，赶紧拿起听筒。

电话那头传来陌生的声音。

“明智君，你立刻去花园京子小姐那里，去了解你的对手是如何兑现自己的诺言的。你大概还没有忘记京子手里的那封警告信吧？好，你快去吧！”

“喂，是谁？你是谁？”

大侦探对着电话听筒问道，可对方只顾自己说话，说完便咔嚓一声挂断了电话。

这不像是恶作剧电话。

花园京子那里肯定发生了什么事情!

大侦探赶紧起床做好外出准备，随即朝花园别墅跑去。途中，他又觉得这可能是对手的圈套，可能是歹徒玩弄的什么花招。

可是，眼下已走到半路上了，还是去花园别墅看一下比较放心。于是，他重新考虑了一下，又加快了步伐。

意外的是，花园别墅里没有一点儿动静。主人花园先生还在出差中，因此，大侦探让用人唤醒花园夫人，告诉她自己赶来的原因。

花园夫人奇怪地望着他。

“京子她睡得正香呢！我刚才去那里看过回来的。”

“是吗？那，恶魔王也许是随便说说的。为慎重起见，我去核实一下。”

“那好，我和您一起去看一下。”

大侦探和花园夫人一起朝着花园京子的卧室走去。

门口，站着神情严肃、身材魁梧的保镖。

“没有发现什么不正常的情况吧？”

大侦探问。

“是的，一切正常。”

大力士保镖答道。

大侦探与花园夫人用钥匙打开房门，悄悄进入卧室。走近一看，只见床周围挂着丝绸蚊帐，顶端系在天花板上，透过蚊帐看见花园京子正在熟睡。

“睡得好香啊！和刚才我过来看的时候一样。”

夫人放心地叹了口气。

大侦探把脸贴在薄薄的丝绸蚊帐上朝里窥视花园京子熟睡的脸，少顷，他似乎察觉到了什么，转过脸用手抓住花园夫人的手臂。

“夫人，瞧！京子小姐那张脸好像过于安静，再瞧她苍白的脸色，难道你不觉得奇怪？”

“什么？您说什么？”

花园夫人吃惊地盯着大侦探的脸。

“夫人，我建议你唤醒京子小姐，我总觉得她的模样不太正常。”

夫人赶紧卷起丝绸蚊帐走到床边，轻轻地摇晃了一下花园京子的身体。

“京子，京子。”

花园京子没有反应。

花园夫人慌张起来，把手伸入毛毯里寻找京子的手，而后紧紧握住。

手，像冰一般。

“京子，你怎么啦？京子！”

花园夫人简直疯了，使出力气拽住那只手。

不料，担心的情况发生了。

被花园夫人拽着的手臂猛地发出响声，与此同时，手臂像木偶的手臂那样脱落下来，花园京子的手臂离开了身体。

# 保险柜

花园京子的左侧手臂断了。

断的地方被白布紧紧地缠着，阻止血向外流淌。

大侦探猛地掀开床上的毛毯。

毛毯下躺着的，是失去两条手臂、惨不忍睹的花园京子的尸体。

毛毯下面的床单被血染红了。

“喂，不好啦！快过来！”大侦探朝走廊上的保镖们嚷道。

一听到喊声，保镖们赶紧跑来。当看到花园京子惨死的尸体时，个个面如土色，目光呆滞地愣在那里。

不可能发生的，竟然发生了。

保镖们一直没有离开过岗位，卧室里除花园夫人外没有任何人进去过，也没有人出来过。

窗外的铁栅栏防盗网没有异常情况，地板和天花板也没有可疑的地方。

“如果谁都没有从这里出去过，凶手应该在卧室里，赶紧找！”大侦探对保镖们说。

然而，说找，究竟去哪里找呢？

花园京子床下，一眼望去是空的，什么东西也没有。卧室里除床下以外，根本就没有可以藏人的地方。

保镖们不知所措地望着明智小五郎。

大侦探在房间里转来转去……忽然，脚尖在地毯的边缘绊了一下，身体摇晃起来，接着倒在嵌在墙体里的保险柜的柜门上。

可能是保险柜门没有完全关上的缘故，这时，保险柜里传出轻微的声音，随即出现了一个很小的门缝。

花园夫人担心贵重物品被盗，在自己卧室里配备了一个保险柜。正常情况下保险柜的门都是关着的。不知道锁的密码，门是无法打开的。

因此，即便在寻找凶手的时候，通常也不会去考虑保险柜该不该搜索。如果保险柜门真没关上，凶手在杀害了花园京子后，多半会顺手牵羊盗走保险柜里的钱。

“夫人，保险柜门没有关吗？”大侦探问。

此刻，正紧紧抱着花园京子尸体的花园夫人抬起头答道：

“不会的，我丈夫应该是关上门的。保险柜密码除他外，连我也不知道。因此，门不可能是开的……”

“奇怪！门好像没关上，打开它您不会介意吧？”

“没关系，打开吧！”

大侦探伸手抓住保险柜柜门上的手柄，刚要打开，猛然间，柜门“啪”地自动关上了。

“怎么啦？”花园夫人问。

“啊哈……夫人，这下我可抓住那家伙了！他已经逃不出去了。凶手就藏在这保险柜里。刚才，我正要开门，手上出现了奇怪的感觉，这厚实的钢板门里面果然有人。”

听大侦探这么一说，保镖们立刻摆开架势，小心翼翼地靠近保险柜，企图打开门。

“喂！住手，别急着开！先打电话给警方，待作好逮捕的准备工作再开门也不迟！凶手已经是瓮中之鳖了。”大侦探镇定自若。

“哼，这家伙竟选择了保险柜这么好的地方作为藏身地。可以断定，他是在你们这些保镖来之前就已经潜入卧室，躲在保险柜里等待时机。

“我为了不让他呼吸外面的氧气，已经把保险柜的柜门关上了。刚才发现的那个间隙，是凶手用于呼吸的。

“不用担心，这家伙要不了多久就会感到呼吸困难，一旦闷得憋不住了就会朝外蹿。你们可要注意哟！”

警方接到报警电话后，立即出动了。

保镖们手持警棍，摆开迎战架势等候在保险柜门前。

五分钟……十分钟……十五分钟……时间在一分一分地消逝，突然，从保险柜里传出窸窸窣窣的响声，刹那间，保险柜的门被猛地向外推开。

“哇！”不知道到底是什么东西在喊叫。

总之，叫嚷声不断。

凶手终于忍耐不住蹿了出来。

“啊！是猩猩！原来是你这个家伙！”

大侦探张开双臂朝猩猩男子扑去，一旁的保镖们也跟着扑上去。

此刻，凶手就像是真正的猩猩一样，不仅力大无比，而且动作敏捷。

只听他嘴里发出“哇”的喊声，把明智大侦探摔倒在地，随后朝床的里侧跑去。

那张床上有花园京子的尸体。

“别急，这家伙是逃不了的。这房间就一个出口。喂，猩猩！快出来！”

大侦探从地上爬起后，张开双臂，一步一步朝前逼近。

“你们从两边包抄上去，别怕，这家伙没带武器。”

大侦探一声令下，保镖们从两边朝床里侧包抄过去。

猩猩男子陷入了困境。

背后虽然有窗户，但窗外装有铁栅栏防盗网，如果钻入床底突围，床前有大侦探，左右两侧是五大三粗的保镖。

他们手里都拿着粗粗的棍棒。

面对这一切，猩猩男子脸上没有露出丝毫胆怯的神色。

那张丑陋的脸上竟浮现出令人毛骨悚然的笑容，他恶狠狠地盯着明智大侦探。

“啊哈哈哈……说我没带武器？你说的武器是指枪还是指匕首呀？喂，明智小五郎，你难道没看见这个吗？瞧，我这个武器足以让你吓破胆……”

猩猩男子刚说完，转眼间跑到床前，冷不防抓起躺在床上的花园京子的尸体，轻松地横在胸前当作挡箭牌。

“瞧！这就是我的武器！”

“喂，你这是干什么？”

“啊哈哈哈……就是飞机也比不上它的作用。这具小小的尸体可是我的护身符。明智小五郎，快给我滚到一边去！若不按照我的命令行事，我就这样干，看好了哟！”

猩猩男子露出牙齿威胁，随后将花园京子的尸体像弓那样弯曲。

“住手！快住手！”倒在房间角落里的花园夫人大声叫嚷，“明智先生，快把京子夺回来！”

大侦探被花园夫人这么一说，感到为难。

如果扑向凶手，说不定这个穷凶极恶的家伙会把花园京子的尸体弄得七零八落，因此不能贸然行事。

“住手！快给我放下小姐的尸体！不然的话，你就别想从这里逃走！”

大侦探开始与猩猩男子交涉。

“啊哈哈哈……果然害怕了！那好，你必须按我吩咐的去做，让开！”

猩猩男子以胜利者的口吻嚷道。

“好，我让开，可你必须放下手中的尸体。”

大侦探一边说一边朝后退到房间角落。

猩猩男子见状猛地蹿向房门，飞也似的跑了出去，手里仍然抓着尸体，同时还抓着那条被割断的左臂。

“糟了！站住！站住！喂，快放下你手里的尸体……”

大侦探一边喊一边追上去，跟在猩猩男子身后跑向走廊。

# 奔　跑

猩猩男子一边在走廊上奔跑，一边转过脸望着明智小五郎吼道："哼！这东西就是我的武器！傻瓜才会轻易放下武器呢！你要是再这样追着我不放，看我不把这具尸体拦腰折断！"

猩猩男子飞快地蹿到走廊，大步蹿出玄关，朝大门外跑去。

大侦探稍迟了一步，当跑到门口窥视黑沉沉的外面时，这怪物般的猩猩男子却不见了。

保镖们奔跑着在周围寻找，可是，猩猩男子和他手中的花园京子的尸体皆不知去向。

大侦探和保镖们垂头丧气地返回花园别墅。

"我怀疑那家伙不是人，抓着那么沉的尸体，跑起来竟然像一阵风。我沿着道路转了三个弯，就再也见不到这家伙的影子了。现在，即便请警方在这附近一带设卡也为时太晚。"

大侦探向花园夫人说明原委，表情非常尴尬。

“那家伙像妖魔！我们拼命追还是没能追上他。”

保镖们纷纷说。

“这畜生，连我女儿的尸体也不放过……”

花园夫人说完又哭了，泣不成声。

过了一会儿，大侦探似乎想起了什么，对花园夫人说：“夫人，你检查一下保险柜！看看有没有什么东西被偷走了？”

“我还没有检查过呢……”

夫人费了好大的劲儿站起身，有气无力地走到保险柜跟前一看，猩猩男子为了藏身，把里面的隔板弄得七零八落的。

拉开下面的抽屉，已是空空如也。

“哎呀！放在这抽屉里约一千万日元的现金和钻石，全被猩猩男子盗走了。瞧，这儿有一张纸……”

花园夫人说着将纸条递给大侦探。

“嗯，这肯定是猩猩男子放在这里的。”

那上面写有这样的内容：

岳父岳母：

今天，我是为了与京子小姐举行婚礼而特地上门来迎接她的。保险柜里的现金和钻石，请允许我把它们作为京子小姐的嫁妆收下。

女婿：恶魔王部下　猩猩　敬上

看完纸条，大侦探大喊道：

“这家伙简直是疯了！猩猩男子又要与死去的京子小姐结婚！”

那么，猩猩男子到底在哪里举行婚礼？花园京子的尸体又会是什么样的结局呢？

警方虽然竭尽全力搜索，但那天晚上和第二天仍没有发现猩猩男子的行踪。

花园京子被害事件发生后过去了整整一天。可第二天晚上，又发生了一桩怪事。

那天夜里，猩猩男子抱着花园京子的尸体在大街小巷奔跑，那模样和两天前从花园别墅抢走尸体时一样。

夜里十一点左右，一名男子在上野公园附近一条非常冷清的住宅街上行走，他是警视厅刑事侦查科的神谷警官。

突然，他发现路上有人在奔跑，腋下夹着一个年轻女子。

“站住，站住！”

神谷警官喊道。

对方听到喊声猛地转过脸，眨眼间跑得更快了，犹如兔子在飞快地逃跑。这时，警官看清了对方的脸，是一张貌似猩猩的脸。

“啊！他是恶魔王手下的猩猩男子！”

神谷警官突然想起来。

这家伙腋下夹着的女子，肯定是花园京子的尸体。好极了！这是一个重要案犯！

神谷警官拼命地跟在猩猩男子的后面追赶，而在前面逃跑的猩猩男子奔跑的速度更快，转了几个弯后仍不见减速。

神谷警官一口气追了五六百米。

尽管猩猩男子力大无比，但不可能一直夹着那么沉的尸体疾跑。渐渐地，神谷警官与猩猩男子之间的距离缩短了。

这时的猩猩男子似乎感到了危机，再这样跑下去，肯定会被后面追来的警察给抓住。也许，他觉得只有轻装上阵，扔掉手里的尸体才能甩掉屁股后面的警察。

“喂，你要是喜欢，就给你吧！”

他恶狠狠地嚷着，随之“嗵”的一下，将刚才还夹在腋下的尸体扔在地上后继续逃跑。

神谷警官面对猩猩男子的这一举动犹豫了一会儿，脚下的步子不由得停了下来，他站在被扔下的尸体跟前。

猩猩男子就在这时，与神谷警官的距离又拉开了二十多米。

就在这时候，猩猩男子的前方出现了其他警察的影子。

原来是神谷警官刚才在追赶时吹响了警笛，正在附近巡逻的警察一听到警笛声赶紧朝这里支援来了。

猩猩男子被夹在中间无路可逃。

警察们朝猩猩男子扑去，神谷警官也赶来朝猩猩男子猛扑。经过激烈的搏斗，猩猩男子终于被警察们铁钳般的手给制服了。

神谷警官与另一名警官押着猩猩男子，返回到被扔下的尸体边。

“哎，这家伙肯定是恶魔王手下的猩猩男子，刚才一直夹着这具尸体奔跑。看来，这具女尸就是花园先生的女儿了！”

神谷警官跟同伴解释。两名警官之间并不陌生。

“噢，原来是这么回事！与昨晚的那起案件有关。这是一条破获该案的重要线索！”

两名警官没想到这么轻松地立了大功，脸上神采飞扬，目不转睛地注视着横在地上的尸体。

路灯的灯光，照亮了尸体。

“从服装看，是花园先生的女儿。”

“嗯，瞧这张脸多美丽，像时装模特儿衣架。”

警官咽了一口唾沫，带着感叹的口吻说。

这时候，旁边那个戴着手铐的猩猩男子嘿嘿冷笑。

“笑什么笑？你这个家伙，有什么好笑的？”

神谷警官训斥猩猩男子。

不料，他仍然嘿嘿笑着。

“别笑了！咦，奇怪！”

观察尸体的警官突然喊道。

“怎么啦？”

“这美丽的小姐是时装模特儿衣架，没想到竟然被我猜中了，确实是时装模特儿衣架！你敲打一下脸部，会发出咚咚咚的响声。”

这显然是一个时装模特儿衣架！

通常，它被竖立在女士时装店里，穿着时装供顾客选购。

“啊哈哈……”

猩猩男子放声狂笑，犹如刺耳的爆炸声。

# 招　待

警官把时装模特儿衣架当作尸体闹了个大笑话，当然也只能让歹徒笑。

然而，这么晚的深夜夹着时装模特儿衣架奔跑的家伙，不能不让人怀疑。试想，如果不是盗贼，根本用不着像刚才那样逃跑。看来，这家伙可能是时装模特儿衣架的盗贼。

不，不是那样的。

如果仅仅是偷窃模特儿衣架被人发现后逃跑，虽说情有可原，但没必要那样顽抗。再者，这家伙的脸和人类的脸不一样，肯定是猩猩男子。

神谷警官暗自思索。

总之，先把这可疑男子押送到警视厅拘留所，由上司决定如何处置。

次日早晨，神谷警官通知花园别墅的保镖到拘留所，让他们辨认昨天夜里追捕的男子。三个保镖看到那家伙，异口同声地说道：“就是他，这家伙前天晚上大闹花园别墅，不仅杀害了京子小姐，还抱走了京子小姐的尸体。还有，穿在时装模特儿衣架上的服装都是京子小姐那天晚上穿的。”

其中一个保镖看了时装模特儿衣架后说，衣服内衬上确实贴有花园京子的姓名布牌。

“哎，奇怪呀！猩猩男子把京子小姐的尸体究竟藏到哪里去了？他为什么要给模特儿衣架穿上京子小姐的衣服夹在腋下奔跑？”

参加搜查的刑事侦查警官们歪着脑袋陷入沉思。

他们提审猩猩男子，昼夜不停地轮番审讯。猩猩男子很顽固，不管你问他什么，要么不开口，一开口便是乱说一气。

“喂，快老实坦白！你把京子小姐的尸体弄到哪里去了？”

“不知道。”

“那个模特儿衣架是从哪里盗来的？”

“你们去查一下不就知道了吗？”

“你是恶魔王的手下？”

“你们就自由想象吧！”

“你的上司恶魔王到底是谁？住在哪里？”

“那种事情我怎么可能知道，即便知道也不会说。”

猩猩男子非但不傻反而十分狡猾，对于警方的审讯一个劲儿地绕圈子，不作正面回答。

审讯警官终于忍不住大发雷霆，挥起拳头朝猩猩男子的脸上揍去。

原本一直装疯卖傻的猩猩男子，脸上的表情突然变了。

“哼！”

他一边怪异地叫嚷一边露出牙齿，脸上布满了与真猩猩一模一样的凶恶表情，冷不防朝那个揍他的警官扑去。

“哇！”

幸亏警官躲闪及时，要不然，也许会被这个猩猩男子一把掐死。

猩猩男子自从被关押进拘留所后，一直没有停止歇斯底里地乱叫乱抓。一个曾打算教训他的警官，被猩猩男子咬了一口，受了重伤。

“那家伙是人吗？既能说话，又狡猾。虽然不是野兽，但不管怎么说，与常人不同。凶恶，残暴，力大无比。还有，不能被他的手掐住。”

警官们想尽了办法，还是驯服不了他。

于是，不得不把他关押在警视厅地下室的铁笼里。那铁笼是用于关押猛兽的。猩猩男子被关押在铁笼里接受审问。像这样审犯人对警官来说还是第一次。

就在猩猩男子被警方逮捕的第二天下午，明智大侦探坐在事务所的桌前苦苦思索着。

这时候，邮递员送来一只大信封，里面有一张请帖，内容如下：

明智小五郎先生：

今天下午五点，我们的婚礼定于大角百货商店内举行。届时恭请百忙中抽空光临。

新郎　恶魔王

新娘　花园京子

敬上

大侦探吃惊地抬起头。

难道是猩猩男子与花园京子的尸体举行婚礼？不，请帖上分明写的是恶魔王。到下午五点，大角百货商店又会是怎样的情况呢？恶魔王竟敢在众目睽睽下举行婚礼。

大侦探立刻把这一情况用电话通知了警视厅和花园家。

警视厅对明智小五郎说，他们马上派警力到大角百货商店去。正当电话结束的时候，喜多川夏子前来事务所拜访了。

“先生，发生大事了哟！猩猩男子的下落，你还不知道吗？”

“噢，那家伙昨晚被警方逮捕了。不过，他对京子小姐的尸体藏在哪里闭口不说。”

大侦探把在警视厅里了解到的情况，一五一十说给喜多川夏子听。

“是啊，你说他给时装模特儿衣架穿上京子小姐的服装，然后抱着衣架在街上奔跑，是不是神经不正常？他这样做是在模仿什么？”

“这……谁也说不清楚。猩猩男子一点儿都没招供。还有，你瞧！邮递员刚送来的请帖。”

喜多川夏子看了一眼大侦探递来的恶魔王发的请帖，沉默了好一会儿，突然，她高兴地叫喊起来：“明智先生，我好像明白了其中的原委。对，一定是那么回事。我的这一判断很合乎逻辑，我感觉自已也可以成为一名侦探了。”

“你明白了什么？”

“就是这请帖的意思。为什么把婚礼地点定在大角百货商店里？猩猩男子为什么把模特儿衣架夹在腋下满街奔跑？这一切，我都明白了。”

“啊，你说你都明白了？把婚礼地点选在大角百货商店和让时装模特儿衣架穿上京子小姐的服装之间，到底有什么关系？”

“当然有关系啦！解开这谜的钥匙被藏在举行婚礼的地方。如果只是漫不经心地考虑，那什么关系也没有。然而，这两者之间包含了所有的秘密。啊，我太兴奋了！大侦探解不开的谜，竟然被我解开了。”

“你成女侦探了！那么，能否请你把秘密告诉给我听？”

“当然会告诉你啦！不过，我们还是一起先去大角百货商店，好吗？到了那里，就可以核实我的推断是否正确。”

“那好，现在就一起去。”

大侦探听从喜多川夏子的安排，在街上喊了一辆出租车，朝大角百货商店驶去。

# 衣　架

出租车里，大侦探问喜多川夏子："恶魔王为什么把婚礼地点选择在顾客熙熙攘攘的大角百货商店？这原因你清楚吗？"

"我想，人群拥挤的地方便是恶魔王首选的地方。只要回想恶魔王迄今为止的所作所为就可以明白。他喜欢轰动，嗜好让大家观看他的恶行。把与死人结婚的仪式选择在大角百货商店里举行，肯定是恶魔王经过一番深思熟虑的。"

"嗯，确实像你说的那样。"

"明智先生，猩猩男子被捕的地点是在上野公园的附近吧？"

"是的。大角百货商店也在上野公园的附近吧？"

说话间，出租车已经停在大角百货商店门口。他俩肩并肩，仿佛是一对前来购物的夫妇，走进了店堂里。大侦探问喜多川夏子：“这么高档的商店里，恶魔王究竟会藏在哪个角落？”

“六楼！来，跟着我！”喜多川夏子说着朝电梯那里走去。

大侦探将视线投向挂在墙上的文娱活动广告牌。

婚礼服装展销文娱活动　　六楼

“夏子小姐，你是通过报纸还是通过什么新闻媒体知道这消息的？”

“是的哟！你是怎么认为的？我的推断是不会错的。”

“这好像是恶魔王想出来的吧？总之，我们快上去看看！”

两个人乘上电梯，电梯朝着六楼上升。

婚礼服装展销文娱活动会场上已经挤满了观众，人声鼎沸。他俩分开人群，欣赏身着结婚礼服的好几组时装模特儿衣架，这里被装饰成结婚仪式的现场。

新郎模特儿衣架与新娘模特儿衣架，被结婚礼服打扮得十分华丽。人们围着这些模特儿衣架，一边观赏一边评头论足。

“就是那个！如果我的推断没错，就一定是那个！我们再往前面一点儿，仔细看一下！”喜多川夏子牵着大侦探的手朝观众最前排挤去。

以婚礼装饰的大型壁龛为背景，前面排列着新郎、新娘、介绍人和新郎新娘各自的父母、亲戚等时装模特儿衣架。这些模特儿衣架制作得非常逼真，加上服饰，形同真的婚礼场面。

啊，完全是一派热热闹闹的结婚仪式场景。

倘若新郎是恶魔王，新娘是花园京子的尸体，可以说恶魔王炮制的计划非常巧妙，并且成功了。但如果说，装模作样的新郎新娘不是时装模特儿衣架，而是由真正的人扮演的，这样愚蠢的事果真会发生吗？

“快瞧，明智先生，新娘的脸好像过于朝下，是吧？脸上都是灯光的阴影部分！哎呀，这个装饰新娘模特儿衣架的技师水准太差劲儿了！”

仔细观赏的喜多川夏子，对身旁的大侦探轻声说道。

“嗯，是有些奇怪！我似乎觉得这张脸好像在哪见过。”

“是的，我也有这种感觉！若在死人脸上抹上一层厚厚的化妆粉，脸上表情就会有点儿变化，乍一看可能分辨不清楚。可这张脸怎么像京子？”

“是的。看着看着，京子小姐的容貌渐渐出现了。如果确实按她的模样做成这样的模特儿衣架，真让人感到有点儿奇怪！怎么样，把营业员喊来问一下好吗？”

大侦探喊来营业员，附在他耳旁轻声询问。营业员一开始不以为然，渐渐的，脸上表情起了变化，露出紧张的神色，听完后，不知朝哪里跑了起来。

少顷，一个上司模样的营业员带着两个保安员跑来。保安员一边示意参观人群往后退，一边用手推着拥挤到前面的人。从而使观赏者与时装模特儿衣架保持了一定距离。两个保安员

曾担任过刑事侦查警官。

他们与明智小五郎一起踏上高过地面的展台，其中一名保安员观察了一下“新娘”，忽然大声嚷了起来：“啊，果真有此事，这不是时装模特儿衣架！”

另一名保安员用手指弹了几下新娘的手说道：“两边的手都是硬邦邦的，好像是时装模特儿衣架的手。”

“不，这尸体上没有手，两只手都被恶魔王从肘关节部位砍断了，因此，手确实是时装模特儿衣架的手。”

大侦探一边解释一边摸了一下“新娘”的脸，有一种松软的弹力。

“啊，这味道直冲鼻子！刚才，我们怎么会没有闻到呢？一到旁边，鼻子就受不了。”保安员皱起了眉头。

本应是时装模特儿衣架的“新娘”原来是一具尸体，这已经不容置疑。花园京子尸体的下落终于有眉目了。凶狠的恶魔王兑现了自己的诺言，在大角百货商店的大庭广众下举行了震惊整个社会的婚礼。

但是，被发现的只是“新娘”而已，“新郎”到底是怎么回事？只有新娘的结婚仪式岂不太怪？“新郎”说不定和“新娘”一样也是由真人扮的，说不定就是恶魔王本人化装的！

大侦探径直走到“新郎”跟前，突然抓住其肩膀。

原本穿得整整齐齐的条纹西服走样了，胸口的部分裸露了。

“咦，这胸前写的是什么？”保安员指着那里叫嚷。

胸口处确实有用墨汁写的字：能否把扮成新郎的时装模特

儿衣架当作真恶魔王抓走?

大侦探看后表情苦涩地望着喜多川夏子。

“唉，被愚弄了一番。”

喜多川夏子用惊讶的口吻说了一句，随后直愣愣地望着明智小五郎。

# 访 问 者

第二天快到中午的时候，大侦探才睁开眼睛。

昨天傍晚，他在大角百货商店发现了花园京子的尸体，赶紧将其送到花园家举行了守灵仪式。由于他晚上一起参加了守灵，半夜过后才拖着疲惫不堪的身子回到事务所。

他起床洗漱完毕，穿上衣服靠在椅子上，一边抽烟一边思考。

这时候，有人敲门。明智小五郎站起身来走过去开门。

“对不起，这里是明智侦探事务所吗？”

走廊上站着一个陌生男子，个头不高，身上穿着黑色西装，脖子上系着黑色领带，鼻梁上架着一副宽边太阳镜，头上戴的是黑色贝雷帽。

贝雷帽下面垂着松软的长发，上嘴唇与鼻子之间留着黑色胡子，从外表看像个画家。

“我是明智小五郎。”

明智小五郎见是陌生男子，便用警惕的目光打量来者。

“初次见面，请多多关照，我叫黑濑，有一些话想跟你说说……”

一身黑装的矮个男子煞有介事地自报姓名和来意。

“什么事情？”

大侦探一边对他上下打量一边问道。

“哦，是有关恶魔王的事情……”

自称黑濑的男子压低嗓音慢慢吞吞地说。

听说是关于恶魔王的事情，大侦探重视起来，觉得必须认真接待来者。

“那，请进来说吧！”

大侦探把自称黑濑的来者请进房间。

“我就直截了当地说了吧！请问，猩猩男子已经招供了吗？报上没有刊登有关他的消息。”

“是的，什么也没有报道。猩猩男子没有说起同伙的情况，就连他自己的真实姓名都拒不交代，整天发疯似的，像野兽那样乱咬乱叫，简直拿他没办法。据说警方实在想不出更好的主意，干脆把他关押在专门关动物的铁笼里了。”

大侦探把从承办这起案件的警视厅花田警长那儿听来的情况，一股脑儿地跟黑濑说了。

“猩猩男子会乱咬乱叫吗？那家伙……”

“据说，他像真的猩猩，一会儿咬，一会儿扑。有一名警察被他咬伤后伤势很重，至今没有痊愈。”

“哦，原来是这样？那，也许就是这家伙了。”

黑濑似乎想说什么，微微倾斜着脑袋。

“哎，如果说这家伙，就是那个猩猩男子吧！你有什么线索吗？”

“根据你说的情况，这家伙我好像知道。当看到报上刊登的照片后，我就觉得太像了，所以，前来拜访你。我知道你参与侦查这起案件，本来想去警方了解情况，但后来一琢磨，觉得来你这里比去警方那里好，也就冒昧登门拜访了。”

接着，黑濑作了简单的自我介绍。

他来自冈山县，在东京某美术大学学习绘画，学费和生活费皆由父亲提供。

“原来是这样。有关恶魔王手下的猩猩男子，你知道他什么情况？”

大侦探朝前探出上身，询问道。

“大侦探你想过吗？除猩猩男子外还有一个叫恶魔王的家伙。”

“是的，我想过。单凭这个像野兽一样的猩猩男子的智商，不可能闹得全东京鸡犬不宁。”

“是啊，我也在想，如果猩猩男子就是我认识的那个家伙，仅他的那点儿智商只能说跟孩子一般。”

“你跟他是什么关系，怎么了解得这么清楚？”

“他是我父亲从一个江湖艺人手里买下的。”

“什么？从一个江湖艺人手里？”

所谓江湖艺人，就是在各地举行地方节、庆祝日和庙会时搭建简易棚子，为来往的游客助兴的艺人。他们随身带着大家平时很少见到的奇特的人和动物表演节目，让游客观看和欣赏。这就是他们的职业。

“其实，那是精神有点儿异常的人，打从江湖艺人手里买回家后，便开始喂养，给吃给喝。我想警方抓获的，可能就是我说的猩猩男子。”

“你说什么？是喂养的……”

“是的，就像动物那样饲养。他实际上并非纯粹的人类！这一次被警方抓获关在铁笼里，我觉得很有必要。那些江湖艺人为了赚钱，什么事情都做得出来。

“为了培育这种一半是人一半是野兽的怪物来到世上，肯定藏有不可告人的秘密。

“我父亲在那家伙还很小的时候，由于见到饲养他的江湖艺人非常残酷，于是产生了怜悯之情，当然也觉得有趣，便花钱把他买了下来。

“一两年过后，父亲开始后悔，随着他慢慢长大成人，才察觉他竟是一个可怕的怪物。

“那家伙生性像个猴子，不管多高的地方，都能一骨碌爬上去。要说力气，即便三个身强力壮的男子也不一定是他的对手。

“我和他一起长大，非常清楚他的情况。打从他来我家后，我们家仿佛变成了妖怪住宅，家人也因此变得神经兮兮的。”

“这么说，他是从你们家逃出来的？”

“是啊，那是六年前的事。一个曾得到过我家帮助的人把他给偷偷带走了。可到底为了什么，我们一点儿也不清楚。他俩是一起偷偷离开我家的。不过，自从他俩走后，我们家反而轻松了许多。没有这人不像人的家伙在家里，全家人像松了口气……”

“你的这些话很让我吃惊，那家伙叫什么名字？”

“他叫三吉，是以前那个江湖艺人给他起的。户籍上，他叫黑濑三吉。”

“那个把他带出你家的人呢？”

“这，请以后再问吧。如果那家伙是恶魔王，我觉得不能这么随便说。在这之前，我想见一下猩猩男子，核实一下他到底是否是我家的三吉。明智先生，你与警方有良好的关系，能否让我见一下猩猩男子？”

“我想，只要你说明原因，他们一定会让你见他的。警视厅目前也由于不知道他的真实身份而感到无从下手，正伤透脑筋呢！如果你知道这个恶魔王同伙的真实底细，那真是太好了！警方也一定会为你的到来感到高兴。”

两个人越说越投机。

大侦探给警视厅挂了电话，对好朋友花田警长说了这件事情。

“是吗？那你立即把那个叫黑濑的人请来！”

花田警长在电话里的声音显得非常兴奋。

# 面 对 面

一个小时后，大侦探与来访者黑濑在花田警长的带领下，来到警视厅的地下牢房。

“照这么说，在户籍上，你和那个猩猩男子是兄弟？”

花田警长走在前面，一边沿着昏暗的楼梯往下走，一边问黑濑。

“是的，他是我哥哥。”

黑濑认真地答道。

奇怪的场面即将出现，可以想象一下，分别了六年的兄弟将面对面地对视，然后是拥抱……

多半是难以形容的激动场面。

哥哥像野兽那样被关押在铁笼里。

最里面那个昏暗的房门开了，那里有非常结实的铁笼。铁笼里躺着一个黑色的物体，酷似动物园里的熊。

“喂，快起来！有人要见你。”

花田警长敲打着铁笼，大声喊道。

躺在地上的猩猩男子吃了一惊，猛地抬起头朝这里张望。

猩猩男子的目光，与黑濑的目光交织在一起。

“啊！你……”

猩猩男子大叫了一声，忽然又闭上嘴，脸上露出非常吃惊的表情。

“是我！三吉，你还记得我吗？我是黑濑正一呀！”

这个穿一身黑衣，画家模样的矮个男子，两眼目不转睛地盯着猩猩男子，似乎在压制对方，不让他说话。

他朝铁笼走近。

对于猩猩男子来说，黑濑好像有着不可思议的威慑力。在他面前，猩猩男子完全判若两人，变得俯首帖耳，也显得非常乖顺。

“三吉，听说你干了很不光彩的事情。不仅如此，被抓后还把人咬成重伤，你真像一个大傻瓜！被关押在这种关动物的大铁笼里，说明你是一个弱智者！你难道不觉得伤心吗？”

黑濑正一晓之以理动之以情地说着，脸朝着猩猩男子。

猩猩男子没有吱声，老老实实地听着。

“现在既然这样了，我看你还是把真实情况报告警方的好，怎么样？你不说，我也会说的，把我知道的所有情况告诉警方。我那样做也是为了你好。警察听了你悲伤而又可怜的经历后，我想他们会同情你，放你出去的。”

黑濑正一把脸贴在铁笼的栏杆上，哭着说道。

猩猩男子走到黑濑正一跟前，乖顺地听着。

黑濑正一一边说一边把手从栏杆的间隙伸进去，时而抚摸他的背，时而握着他的手。猩猩男子此刻就像趴在驯兽师面前似的，表现得像听话的孩子。

黑濑正一和猩猩男子不可思议的会面，竟长达半小时。

这段时间里，为了说服猩猩男子，黑濑正一还说了许多悄悄话。

花田警长和大侦探在他俩说话时，站到了稍稍远离他们的地方，相互交谈着有关调查的情况。

“咳！我总算说服他了，三吉说，这一回警方若审讯他，他肯定什么都说。”

黑濑正一返回站在门那里等他的花田警长和大侦探身边。

“太好了！谢谢你帮了我们警方大忙。这个凶猛暴躁的家伙，竟然在你面前这么服帖，我还以为看花了眼呢。到底是兄弟多年的缘故。”

花田警长眉飞色舞，黑濑正一则变得踌躇起来。

“对不起，请问厕所在哪里？”

花田警长随即来到门外，用手指了一下厕所方向。

黑濑正一急不可待地朝那里跑去。

他这么一走就再也没有返回来，其实是逃之夭夭了。

这时，铁笼里发生了怪事。

花田警长吃惊地走上前去，摇晃着铁栏杆喊道：“喂，三吉，你在干什么？你怎么啦？”

猩猩男子一动也不动，直挺挺地躺在地上，连连打着哈欠，脸色苍白，额头上满是汗水。

“咦，刚才还同他弟弟黑濑正一说话的家伙，怎么转眼间睡着了？到底是怎么回事？喂，你起不来了吗？”

花田警长把手从铁栏杆的间隙里伸进去，捣了一下猩猩男子的身体。

没有反应，像是死了似的。

仅几分钟的时间便这样睡着了，花园警长和大侦探都觉得奇怪。

“不可思议，肯定有情况！你瞧他的脸色。”

大侦探仔细窥视铁笼后说。

“嗯，这不是小事！猩猩男子死了，可什么预兆也没有，怎么突然变成了这般模样？哎，那个黑濑在干什么？就是去厕所也要不了这么长时间啊！”

花田警长突然想起黑濑正一来。

两个人几乎同时紧张起来，一个可怕的想法在眼前闪现。

“喂，你去厕所把那个叫黑濑的人给我找来！现在，他理应还在厕所里，立即去把他给我带到这里来！”

花田警长命令走廊上的警官。

不一会儿，这名警官返回报告说没有找到黑濑正一。

“糟啦！我们上他的当了！”

花田警长立即命令部下通知大门口加强盘查，并在整个警视厅大楼里搜查，同时找来法医给猩猩男子诊断。

医生检查了猩猩男子的身体。

“手臂上留有针头注射的痕迹。”医生说道。

“嗯，多半是那么回事！”

“那还有救活的希望吗？”

“不清楚！最好是尽快进行抢救！像他这样强壮的身体，只要加紧抢救，也许能保住他的性命！”

医生按着猩猩男子的脉搏，对花田警长说。

两名警官根据医生的吩咐，从铁笼里抬出猩猩男子，转移到上面的牢房。

此刻的警视厅里，气氛变得异常紧张。

花田警长给部下下达了命令。

整个东京的各条要道都设置了关卡，搜查叫作黑濑正一的男子。

给猩猩男子注射毒液的人，无疑就是黑濑正一。

他为了接近被抓获的同伙，采用了巧妙的手法。如果有可能，他也许还有救同伙的企图。但当他觉得救人的可能性十分渺茫时，为了自身安全而杀死了同伙。

虽说猩猩男子此前什么都没向警方坦白，但黑濑正一之所以要除掉他，显然是害怕猩猩男子有朝一日招供。

由此看来，黑濑正一并非一般人，莫非他就是恶魔王？

# 恶魔王

尽管警方在全东京展开了大搜捕行动，可是，黑濑正一仍然下落不明。

不用说，黑濑正一的名字是假的。他长长的头发和黑黑的胡子，还有一副宽边眼镜，这一切都是经过化装的。

脸色黝黑，也是经过一番化装的。声音做作，肯定不是原来的声音。

体内被注入毒液的猩猩男子，幸亏有着野兽般的强健的体魄，奇迹般地被救活了。如果换了平常人，怕早就没命了。

警方提审了猩猩男子。

在黑濑正一下毒手欲杀死猩猩男子事件发生后的第七天晚上，大侦探接到喜多川夏子的邀请，去镰仓她家做客。两个人说起了大角百货商店的情况。这天，喜多川夏子还特别款待了明智小五郎。

“无论怎么想保住自己，也不能去毒死那么忠心耿耿的手下。可见，恶魔王的手段太残忍了。”大侦探话锋一转，说起了七天前在警视厅发生的那起猩猩男子险遭毒杀的事件。

“我认为，恶魔王那样做也是没有办法的办法。这家伙所到之处，一直在宣扬自己就是恶魔王。因此，即便猩猩男子什么都对警方说了，恶魔王也不可能因此而遭到逮捕。要更好地把猩猩男子当作助手用，按理救出他是上上策，绝不应该杀死他。你说是吧？”

“你的话有理。不过，恶魔王之所以这样做，想必有其他特别原因。”

看喜多川夏子说话的神情，她似乎知道些什么。

“你是说他有特别原因？”

大侦探因刚才她的一再劝说，肚里已灌下不少洋酒。眼前的喜多川夏子似乎比平时要漂亮许多，犹如从天上下凡的仙女。

“是啊！恶魔王平时就像我们一样是普通人。一旦这样的假面具被揭开，是无地自容的……”她的观点十分尖锐。

“原来是这样！你是说杀人如麻的恶魔王，外表看上去像我们周围的普通市民？”

“是的。如果不是，他理应没有必要冒那样的危险去毒死猩猩男子。也许恶魔王有心上人，为了不让心上人知道自己的真实面目，迫不得已才铤而走险的吧？”她说完，两眼深情地盯着大侦探的脸。

大侦探也紧盯着喜多川夏子的脸。

两个人之间，一种难以形容的情愫在升华，在交流，在碰撞。

突然，她大声笑起来，甜美的笑声打破了异样的气氛。

“哈哈哈……太难为情了！你这样盯着我看……好了，快请喝这个吧！这是我珍藏的白兰地！”

她取出另一瓶洋酒，打开瓶盖把酒斟入大侦探的酒杯里。

大侦探举起杯子一饮而尽。

“啊……这酒味道真好，就是度数太高了点儿。”

不一会儿，大侦探感觉这烈酒像一团火在肚子里燃烧，心脏跳动的响声似乎就在耳边，脑袋里热烘烘的。喜多川夏子的脸，好像距离自己远了，不知不觉他的意识变得模糊起来。

那以后也不知过了多长时间，云里雾里的，飘飘然，迷迷糊糊……这过程中，似乎喜多川夏子出去过。

大侦探打算送她出去，又打算跟她说点儿什么，可浑身没有力气，脑袋昏昏沉沉的，整个身体像在空中飘浮，沉浸在酒后的愉快之中。

突然，用人走进餐厅，把报纸和咖啡放在躺在沙发上的大侦探旁边。

又不知过去了多少时间，大侦探终于从沉睡中醒来，伸手拿起身边的报纸。

窗户被厚厚的窗帘遮挡着，还是晚上的感觉，可窗外已经阳光明媚。早已过了拂晓，现在是次日上午了。

大侦探在台灯下摊开报纸。

几行一号字组成的醒目标题，跳入大侦探的眼帘。

**昨天深夜，猩猩男子从警方的医院逃走。东京城里到处是警察，严格盘查过往车辆和行人。**

大侦探反复阅读下面的具体内容。

报纸上只报道了住在医院里的猩猩男子逃走后去向不明的消息，很简单。

嗯，被恶魔王注射了毒针后住进医院的猩猩男子，逃走后会不会再次去恶魔王居住的地方?

大侦探一边敲打着还在发胀的脑袋，一边思考问题。

即便猩猩男子的智商稍有不足，也应该懂得有仇必报的简单道理。或许，低智商者思维更简单，更不会考虑自己的安危。

一旦知道仇人，会不顾一切寻找。眼下，这个猩猩男子一定会找企图杀死自己的首领报仇。大侦探的脸上露出淡淡的笑容。

对，这样一来，反使侦查变得有趣和简单起来。

现在，听说猩猩男子逃出警方的医院而感到心惊肉跳的，不会再是普通市民，多半是恶魔王本人。他们之间肯定是反目成仇了。

大侦探一边喝着桌上的咖啡，一边思考。

这时，不知从哪里传来惨叫声。

“救命……”叫喊声很短。在呼救还没有喊完的时候，突然没有声音了。

大侦探猛地站起来。

# 真 面 目

发出惨叫声的是喜多川夏子！她究竟怎么啦？

大侦探三步并作两步地跑出房间。

走廊上，两个用人脸色苍白，在瑟瑟发抖。

“我好像听到夏子小姐的叫声！她在哪儿？”大侦探问道。

“她在二楼。”

大侦探立即跑上楼梯来到房间门前，猛地推了一下房门，推不开，门好像上了锁。

他把耳朵贴在门上听，房间里好像有人在呼呼喘气。

他把眼睛凑到锁孔朝里看。

“啊，是那个猩猩男子。”

从警方医院逃跑的他，肯定是在昨晚就潜入了这幢别墅。

他为什么要跑到这里来？大侦探想起了喜多川夏子昨晚说的话。猩猩男子与喜多川夏子之间可能有什么特殊关系！喜多川夏子迄今为止的言行举止似乎有其他什么意思。大侦探重新思考起来。

也许……

突然，大侦探恍然大悟，是呀，为什么不早一点儿察觉呢？他目不转睛地望着房间里的猩猩男子。

猩猩男子呼呼地喘着粗气，獠牙般的大牙齿好像被什么东西染得血红，唇嘴周围挂满了红色的液体。

啊，是血！

“站在门外偷看的，是明智大侦探吧！”

突然，他一双布满血丝的眼睛瞟着锁孔，张开沾满血迹的大嘴吼道。

“哈哈哈……你不知道吧，这里就是与你作对的恶魔王大本营！哈哈哈……好，我这就开门让你进来！你最好仔细调查一下这桌上的东西，好了，请进吧！”

猩猩男子一边说着一边把钥匙插进锁孔里转动，手一推，门开了。

大侦探没有立即进入房间，似乎有点儿踌躇，自己身上没带任何武器，万一被这个野兽般的人扑上来，岂不危险！

猩猩男子见大侦探正犹豫不决，伺机“嗖”地越窗逃走了，转眼间消失在窗外，紧接着传来猩猩男子冷冷的笑声。

猩猩男子从二楼窗台跳到底下的院子里。

大侦探跑到窗前望着下面。

猩猩男子一溜烟地爬上高高的围墙，随即消失在围墙外面。

现在，再跑下楼梯追赶也肯定来不及了。即便大声叫喊让过路行人帮忙抓捕也无济于事，因为这一带十分冷清，很少有行人通过。

大侦探还是跑下楼分别给警方和医院挂了电话，通报了这一情况后，又迅速返回二楼。

喜多川夏子情况怎么样啦？难道猩猩男子把她给杀了？

他走进房间一看，见喜多川夏子倒在房间角落里，脖子上有被掐的手指印痕，右脸上留有被猩猩男子咬伤的痕迹，受伤部位的肉被咬下了一大块。

不用说，她已经断气了。

大侦探想起猩猩男子逃走前说的话，朝桌上望去。

“啊！这都是那个黑濑正一用过的东西！”

一套黑色西服，一顶黑色贝雷帽，一副宽边眼镜，一顶长假发，一撮黑胡子。旁边还放有好几张纸。

果然，那个冒名黑濑正一的男子是化装的。这些化装道具，无疑是那家伙给猩猩男子注射毒液时使用的。不用说，是恶魔王的化装道具。

大侦探陷入了深深的沉思。

恶魔王肯定是喜多川夏子！

刚才浮现在脑海里的疑问，现在终于解开了。

大侦探紧盯着倒在地上的喜多川夏子。

不这么断定，就无法解释猩猩男子逃出医院后直奔这里杀害喜多川夏子的行为。猩猩男子说，这里就是与我作对的恶魔王大本营。如果喜多川夏子真是恶魔王，证明猩猩男子没有撒谎。

大侦探拿起放在桌上的纸看了一眼。

那是用平假名书写的非常简单的命令，署名是恶魔王。

猩猩男子只会念平假名。

这简单的命令的内容，对一开始就参与侦查该案的大侦探来说，非常清楚。

字，确实是喜多川夏子写的。笔迹和大侦探以前收到的喜多川夏子来信上的笔迹完全相同。

就在大侦探沉思的时候，镰仓警署的刑事侦查警长带部下驱车赶到了。

“她就是惊动整个日本的恶魔王，已被出逃的猩猩男子杀害。”

“什么？什么？恶魔王是喜多川夏子？”

警长满脸困惑，用怀疑的目光望着大侦探。

“不相信吗？那个叫黑濑正一的男子，就是夏子小姐装扮的。你看这些证据，全都在桌上放着呢！

“粗暴的猩猩男子见他的首领夏子小姐竟然要毒害自己而怀恨在心，从医院逃走后便来到这里把她给杀了。

“这个野兽般的猩猩男子就像猛兽突袭驯养师那样，袭击了他的主子恶魔王。”

大侦探把事情经过和原委，详详细细地叙述了一遍。

警方又在全东京采取了戒严措施，搜索猩猩男子的行踪，结果没找到他的踪影，不知他又逃到哪里去了。

看来身上流有野性血液的猩猩男子，也许逃到了深山老林里?

数日后，花田警长拜访明智侦探事务所。

就恶魔王一案，他俩交谈了很长时间。

“喜多川夏子这么漂亮的女人，居然是性格如此异常的家伙。”

花田警长说。

“嗯，好像也只有这样给她下定义了。过着富裕生活的她，为了满足这种异常欲望，居然草菅人命，残杀无辜。她的真正目的，不是敲诈钱财，而是寻求惊险刺激。”

“为了达到这一目的，她胆敢向著名侦探明智小五郎挑战。不用说，最初诱骗你到镰仓的也是她！”

大侦探默默地点点头，眼睛看着窗外。

像恶魔王喜多川夏子那样性格异常的歹徒，还在社会的阴暗角落蠢蠢欲动，伺机兴风作浪。

“是啊，今后，我还将继续与这些乔装打扮的杀人狂战斗到底！”

明智小五郎朝着苍穹大声发誓。

# 黑手

【黑手組】

# 失 踪

有一年冬天，侦探推理小说作家大江君接受某杂志社的委托，住在热海的一家旅馆里写一部长篇小说。大江君每天要去一两次温泉，而后去附近散步，或者靠在床上看书，让大脑有足够的休息时间，然后奋笔疾书。

一天，大江君像往常一样去浴室冲凉后，躺在走廊的藤椅上，一边晒太阳，一边漫不经心地看起了当天的日报……

突然，他直起腰紧盯着社会版面的新闻报道。

最近一个时期，东京及其附近的城市经常遭到暴力集团的骚扰。警方焦虑不安，到处布控搜索，却一无所获。

报上刊登的，不是某大实业家住宅遭袭击，就是某大政治家别墅遭毁坏……一时间众说纷纭，满城风雨，成了各新闻媒体社会版面的热点话题。

市民们白天议论纷纷，晚上无法入眠。

大江君逐字逐句地阅读社会版面上的每一篇报道。突然，一条醒目的标题映入眼帘。

“怎么，暴力集团又出现了！”

再仔细一看，标题是《大江宗吾遭到歹徒袭击》。大江大吃一惊，差点儿从藤椅上摔下来。原来，大江宗吾是大江君的亲叔叔。虽报道字数不多，但内容基本明了。大意是，大江宗吾的女儿被暴力集团绑架，勒索一千万日元的赎金。

叔叔是东京有名的大实业家，兼任好几家大型企业的要职，可谓腰缠万贯。像这样的实业家，被暴力集团视为“目标”，也是不足为奇的。

可大江宗吾毕竟是自己的亲叔叔，自己从小到大一直受到叔叔的关爱和照顾，可以说感情胜过父子。

因此必须立即赶回东京，为遭难的叔叔出谋划策。想到这里，大江君站起身来。

堂妹被绑架，叔叔被迫缴纳一千万日元赎金。这一惊人消息，大江君至今才知道。也许叔叔并不把这笔巨款当一回事，或许认为侄子年轻，没有必要向他提及。

当然这一回也确实找不到大江君，因为大江君正在“旅行途中”，或许叔叔已经给大江家打过电话。

为了写小说，大江君经常借宿宾馆，直到完稿为止。为使写作期间不受干扰，他从不通知任何人。

大江君办好离开旅馆的手续，乘上回东京的特快列车。一到东京，他叫上出租车匆匆赶到家。放下行李后，又马不停蹄赶到叔叔家。

叔叔和婶婶跪在佛龛前，一边用梆子轻轻敲打太平鼓，一边大声念经。夫妻二人是日本一个新兴宗教的忠实信徒，已经到了痴迷的程度。即便是经常出入他家的推销商和手艺人，只要信仰不同，就连他们的商品也不买，连活也不让他们干。

平时，这对夫妇念经的时间是早晨和傍晚。像今天这样大白天念经还是第一回，左右邻居，无不感到头昏脑涨。

“又出什么事啦？”大江君向叔叔家的用人们打听。听完他们的介绍，大江君顿时瞠目结舌。一千万日元巨款已经面交歹徒，却并没有了断这起绑票案，叔叔婶婶的宝贝女儿——富美子至今仍不知去向。

老两口急得像热锅上的蚂蚁，坐立不安。从早到晚敲鼓念经，祈求宗教的力量拯救女儿快快脱离苦海。

暴力集团的惯用手法是先秘密绑架富商或政要的子女作为人质，然后寄信或打电话漫天要价，告知送款时间、地点和金额。受害人送款时，暴力集团的首领多半守候在指定地点。款项必须如数缴纳。

他们绑架人质，寄信或打电话索要巨款，一般不会留下任何蛛丝马迹。人质家属如果报警，警方必然会在现场布控。可暴力集团似乎长有“顺风耳”，绝不会“上当受骗”。

而且，人质会倍受折磨。由此可见，暴力集团里的主要成员并非乳臭未干、心血来潮，而是阴险狡诈之徒。

被称为实业界大亨的叔叔，束手无策，整天念经。对于初出茅庐、刚踏进作家圈子的大江君，叔叔显然没有放在眼里。

然而眼下可以说说话的，也只有大江君了。

富美子是大江君的堂妹，今年刚好十九岁，是公认的美女。虽然赎金已如数奉上，可她并没有安全返回，看来凶多吉少。也许暴力集团要加害于富美子，或许认为像叔叔这样的大亨仅缴纳一千万日元赎金还太少，要再加几次码。

叔叔膝下除女儿富美子外，还有一个儿子，刚读中学，无法为其父母分担忧愁。在亲戚之中，除大江君稍有出息外，其余皆是平民百姓。大江君向叔叔手下的五六个用人一一打听，综合分析后，隐隐约约觉得这个暴力团伙的做法过于超常，简直像腾云驾雾的妖怪。

大江君是侦探推理作家，对于侦破案件具有浓厚兴趣，经常模仿侦探深入实地破案。只要有可能，大江君会想方设法解开疑案之谜。

这起绑票案，叔叔虽早已报警，但他对于警方破案并不抱多大希望。对社会上目前发生的各种奇案，警方大多无能为力，近似于袖手旁观。

这时候，大江君想起好朋友明智小五郎。

他是日本第一大侦探，神奇的侦查技术使歹徒们闻风丧胆，他也许能破获这起绑票奇案！

大江君对叔叔说了明智小五郎的情况。

“你怎么不早说呀！像这种头脑非凡的人物，一定能想出好办法。快把他请来！”对于叔叔来说，眼下不管是谁，只要能救出他的女儿就行。有生以来，叔叔第一次采纳了侄子大江君的献计。

# 恐吓信

大江君喊了一辆出租车，赶到明智侦探事务所。像平时那样，明智大侦探正在被书架包围的房间里查阅资料。桌上，堆满有关暴力集团的资料。

近来，社会上每天都有团伙作案的传闻，这引起了明智大侦探的极大关注。大江君来得也正是时候，瞧明智大侦探脸上的神情，似乎对暴力集团的作案规律已胸有成竹。

大江君把叔叔家的遭遇告诉了明智小五郎，请他出手助一臂之力。

“原来是这么回事。能直接接触这起案件，我也是求之不得呀！太荣幸了，就这样定了。”明智大侦探一口答应。

“那现在就动身，跟我一起去吧！”

大江君连坐着喝一杯咖啡的工夫都等不及，催明智小五郎赶路。

不一会儿，两个人驱车来到大江君的叔叔大江宗吾家。在十分豪华的大客厅里，大江君的叔叔、婶婶和他们的秘书牧田一起接见了大侦探明智小五郎。

牧田是叔叔的私人秘书兼总管，与叔叔住在同一幢楼里。叔叔那次送赎金，为防不测，婶婶就让秘书牧田作为保镖一同前往的。

为帮助自己向明智大侦探说明事情发生的详细经过，叔叔让夫人和秘书牧田一起参加。

用人端上红茶和蛋糕，明智大侦探随手从桌上的烟盒里取出一支外国进口烟抽了起来。

大江宗吾的长相和体态，一看就是实业界的大人物。

胖墩墩的大江宗吾两侧，坐着妻子和秘书牧田。两个人都长得很瘦，尤其是牧田长得更瘦，坐在大江宗吾身边，宛如坐在相扑运动员身边。大江君把明智大侦探介绍给大江宗吾，两个人寒暄了好一阵子。

虽然大江君在此之前做了大概叙述，可明智大侦探还是请大江宗吾详细说了一遍事情的经过。

“这起案件是六天前，也就是本月十三日那一天发生的。那天中午，富美子换上出门的衣服到朋友家去玩。夜色降临，却不见她回家。

“我们老两口开始着急，最近社会上经常有暴力集团无恶不作的传闻，不免为富美子担心起来。

“半夜来临，还是不见她回家。我打电话到她那些女同学家，都说富美子没有去过。

“我俩一听傻了眼，像丢了魂似的。万一富美子……我们不敢往下想。我用电话与富美子在外地的同学一一联系，也都说她没有去过。

“我让秘书牧田君带领用人们分头寻找，通宵达旦，还是一无所获。那天，我们辗转反侧，无法入眠，睁着眼睛直到天亮……”

“我想打断一下您的话。当时是否有人亲眼看到令爱出门？”大侦探问道。

这一回是大江君的婶婶回答的：“有啊，牧田君和用人们都看见富美子出去的。奶妈梅代最清楚，富美子出门时还与她打招呼了呢！后来谁都没有见到她，连附近邻居也都说没有见到富美子回来过。”

“是啊，富美子那天连轿车都不坐就出门了。女儿下落不明，我们老两口踌躇犹豫，不知道该不该报警。

“第二天中午刚过，让我们最担心的事终于发生了，我们收到了来自暴力集团的一封威胁信。虽在意料之中，却把我吓得面如土色，瑟瑟发抖。

“孩子她妈看到那封信后，坐到地上抽泣起来，那封信现在已经交给警方了。

“大意是：赎你女儿富美子需缴纳一千万日元，须于本月十五日夜十一时前到达富山原一棵最古老的松树下，把钱如数交到我们手里。第一，必须一个人去；第二，必须是现金。

“如果报告警方，你就别想再见到你女儿了。赎金送达后，第二天上午归还你女儿。”

富山原是东京西郊一块巴掌大的小平原，东面有一小片树林。树林正中央，有一棵最古老的松树，人称“古老松”。

那一带，无论白天还是夜里都是死一般的寂静，而且暗得伸手不见五指。

别说夜里，即便大白天也没有行人，冬天更是如此。那里，是秘密碰头和缴纳赎金最理想的场所。

“那封信，警方调查后找到什么线索了吗？”

“没有。警方说，白色便笺和茶色信封都是最廉价、最普通的，笔迹没有任何特征，对不上号。”

“警方查验笔迹的设备非常先进，不会有错。那，盖邮戳的邮局呢？”

“不，没有邮戳。不是邮递员送来的，而是暴力集团派人直接投入我家大门口信箱里的。”

“那，从信箱里取出那封信的人是哪一位？”

“是我。”秘书牧田答道，“主人家的信箱，都是由我开锁取信，然后交给夫人。十四日下午，交给夫人的一叠信件里夹着那封威胁信。”

“究竟是谁把那封信投到我家信箱里的？就这个问题我询问警方。警方又是照相又是取证，最后也不了了之。”

大江宗吾接着秘书的话说。

大侦探略作思索后，脸色尴尬起来，露出难以启齿的表情。片刻，他仰起脸催促大江宗吾继续往下说。

“我原打算缴纳赎金时请警方一起去，可信上的意思已经十分明确。一旦对方发现周围有警察，我今生今世就再也见不着女儿了。不但我不同意警方出面，我老伴也不同意。最后我们决定按信上说的那样，送一千万日元到指定地点。

“十五日那天，我早早起床，把事先准备好的一千张一万日元的纸币装在纸包里，于半夜十一时前赶到富山原那棵最古老的松树下。威胁信上，明确说让一个人把钱送到那里。

“可夫人怎么也不同意我孤身一人去那种偏僻的地方，死活要秘书牧田君在后面跟着我。她让牧田君与我保持一定距离，暗中保护我，以防万一。

“夜里十时左右，我带着牧田君朝富山原出发。我让牧田君佩带双筒猎枪，叮嘱他不到万不得已的时候不准射击。”

坐在一旁的大江君，一边听叔叔说一边想象叔叔那天夜里战战兢兢的模样：大腹便便的叔叔在茫茫的黑夜里，带着骨瘦如柴的秘书如履薄冰，小心翼翼地寻找那棵古老松。

# 明信片

大江宗吾继续往下说：

“我们在距离富山原四五百米的地方下车。我独自一人走在前面，打着手电筒照路寻找那棵古老松。还算运气不错，没有花多少时间就找到了它。我让牧田与我保持十米左右的距离，躲在灌木丛里保护我。

“就像大家知道的那样，古老松周围净是灌木树丛。我呆呆地站在那里，周围一片漆黑，弄不清暴力集团派来的人藏在哪里或从哪里出现。我既紧张又害怕，不停地胡思乱想。

“可为了女儿，我又不断地为自己打气鼓劲儿。大约等了三十分钟……喂！牧田君，你当时离我有多远？”

“十米左右吧。我趴在灌木丛里，右手食指扣在猎枪扳机上，眼睛紧盯着主人手电筒射出的灯光。趴在那种地方，我感到时间过得慢极了，就好像足足等了两三个小时。”秘书牧田说。

“那，歹徒是从哪个方向朝你们走来的？”

大侦探突然插话问道，脸上掠过一丝兴奋的笑容，右手不停地梳理着头发，也许是一种习惯动作。

“歹徒好像从小平原那里过来，与我们去的方向正好相反。”

“什么打扮？”

“看不太清楚。穿着快要拖到地上的黑长袍，脸上扎着只露眼睛的黑布巾，眼里射出两道寒气逼人的凶光。我唯恐激怒歹徒，赶紧熄灭手电筒。我身高一百六十七厘米，那家伙个头好像比我高出约八厘米。”

“他说了些什么？”

“那家伙像个哑巴，右手持枪，左手伸到我跟前。我一声没吭，急急忙忙把纸包递过去。刚打算说一下富美子的事情，那家伙摆摆手，嘴里发出‘嘘’的声音。我想那大概是别吱声的命令，就默默照办了。”

“后来呢？”

“就这些。他把枪对准我慢慢朝后退，渐渐消失在树林里。我笔直地站在那里，两条腿犹如灌了铅，怎么也抬不起来。大约十五分钟后，浑身才能动。我转过脸小声呼叫牧田，担心让还没有走远的歹徒察觉。牧田钻出灌木丛，哆哆嗦嗦地问我：‘歹徒走了吗？’”

“牧田君，你那里能看见歹徒吗？”大侦探把脸转向牧田问道。

“由于天黑，加上树林和灌木丛遮挡视线，根本看不清楚。不过，我听见那家伙走路的声音了。”

“那后来呢？”

“当时，我觉得与其回家倒不如先调查一下那家伙的脚印。把它提供给警方，也许能成为有力的证据和线索。当时是这样做的吧，牧田君？”

“是的。”

“发现脚印了吗？”大侦探问。

大江宗吾脸上的表情，变得僵硬起来：“是啊，太不可思议了。我打着手电筒找了半天，可现场只留有我俩的脚印，歹徒的脚印连半个也没有找到，我想我和牧田君绝不会看错。

“真不可思议！今天，警方派侦查员和技术员前往现场调查取证。那种冷清凄凉的地方，我们走后也肯定不会有人去。”

“是啊，确实不可思议！能否再详细介绍一下？”

“有脚印的地方，只有那棵古老松下。而这些脚印，是我和牧田君留下的。那周围都覆盖着树叶，脚印根本沾不上。他朝我走来取那包钱的时候，按理应该留下脚印，可现场就是没有。从我站的地方到灌木丛，距离最短不少于五米。”

“那里有什么动物的脚印吗？”

大侦探问。大江宗吾听了明智小五郎的提问后，脸上露出奇怪的表情，反问道：“什么？你说什么？”

“比如马、狗之类动物的脚印。”

大江君听到这里，自然而然地想起曾经读过的《诡计集》。那上面说，有一个歹徒在鞋底套上马蹄铁作案，结果成功而又巧妙地摆脱了警方的追捕。

大侦探无疑也在考虑那种可能性。

“那，我倒没有察觉。牧田，你有没有印象？”

“我好像没有印象，也许现场没有那种脚印吧！”

大侦探默默地思索起来。

大江君一开始听叔叔叙述的时候，也认为本案的突破口在于现场是否留有歹徒的脚印。

接下来，是长时间的沉默。

又过了一会儿，大江宗吾继续往下说：

“原以为钱送到歹徒手里，女儿第二天就可以回家。我也深信不疑，女儿次日一定会回家团圆。

“曾听人说过，暴力集团中的首领，讲信用，讲义气。干他们这一行的，理应有道规。可结果令我非常失望。

“不！可以说是绝望。算上今天已经是第四天了，可富美子的影子也没有见着。这帮家伙太狠毒、太不道德了！我只能去东京警视厅向警方和盘托出。

“也许绑票案近来屡屡发生，警方并不怎么来劲儿，这大概是债多不愁虱多不痒的缘故吧？幸亏我侄子与您是好朋友，救富美子脱离苦海全指望您了，谢谢您百忙抽空光临寒舍！”

大江宗吾一股脑儿把想说的话全部说了。

可大侦探还是一个劲儿地追问，连每一个细小的地方也没有放过。明智小五郎又问：“有什么直接写给令爱的信吗？”

大江宗吾的夫人抢先说：“我家的规矩，凡女儿的信必须让我先看，然后再转到她手上。如果有奇怪的信，我应该第一个知道。是啊，最近……”

“不要紧！哪怕看不上眼的小事，也请你一五一十地告诉我。”

大侦探感觉到夫人的话语里好像有什么有利于破案的内容，便鼓励她大胆地说。

“告诉你可以，不过……可能与这次女儿被绑架没有多大关系。”

“没关系，请您从头到尾把它说完，也许我可以从中找到一些线索。”

“好吧。大约几天前，邮递员送来一张明信片。收信人是我女儿，寄信人的姓名，我们做家长的似乎从没有听说过。

“我和她爸绞尽脑汁，回忆了好一阵子。原来，那小子是我女儿中学时代的同学。我问女儿，她只是随口‘嗯’了一声。

“我总觉得女儿的心里隐藏着什么，一直在琢磨着呢。没有想到，眼下却遇上她被绑架的事情，我也就把那张明信片的事情置于脑后了。

“被你这么一提醒，我突然想了起来。说来也怪，那张讨厌的明信片是在我女儿被绑架的前一天收到的。”

“能否让我看一下？”

“行！多半还在我女儿的抽屉里。”

少顷，夫人拿来那张明信片。邮戳上的时间正如夫人说的那样，是本月十二日。寄信人的姓名栏里，只写了“绿”字。

根据邮戳判断，是从新宿邮局寄出的。

原文没有经过任何改动，没有文字的地方是“×”。每行字的排列，是按照明信片的书写格式。大江君接过明信片念了几遍，没有发现什么特别可疑的地方，只是觉得这张明信片像一个少女写的。

正文如下：

一时抽不出时间给你写信，太失礼了。你近来好吗？天渐渐暖和，真想见你一面。我的手被割破了，是刺绣手提包表面图案时不慎划破的。此手提包已从邮局寄出，不日到你处。此非国外×进口货，做工粗糙，请别见怪！包外面印有英文字母，可别误会哟！我制作手提袋的过程也是解闷的过程，面上的鸳鸯图是我自×设计的，可左看右看总觉得酷似一对鸭子。你责怪我吧，都怨我小时候没认真学画。绘画唱歌是艺术，可我不擅长。最近流感盛行，切记衣服多穿一些。请多保重。再见！

可大侦探想到什么了呢？

“这封信，借我一下行吗？”

“行行，请拿去吧。”

明智大侦探接过明信片，不再提问了。

“怎么样？这些话里有什么线索吗？”大江宗吾问。

“现在，我还不能说什么。总之试试看，或许两三天里我可能会带上您女儿回家。”明智大侦探对大江宗吾说。

离开大江宗吾家的时候，大江君与大侦探肩并肩地走着。大江君打算套出明智大侦探的心里话，可明智小五郎说了一句“我只不过发现了一点点可疑的地方而已”，而后是与此案无关的话。

# 团 圆

次日，大江君吃罢早餐拜访明智小五郎。他很想知道他究竟准备采用什么办法侦破这起绑票案。刚要跨入公寓的大门口，管理员说：“明智先生今天不在家，一清早就出门了。我还是头一回见到他这么早就出门，真奇怪！”

“怎么，不在家？他说没说去哪里了？”

“没有说。”

大江君无可奈何，只得返回自己的公寓。他向来睡懒觉，今天却这么早就出门。应该说，明智小五郎已经行动了！大江君心里这么想，却也不免为他担心起来。

一个小时后，他又去拜访明智大侦探。一连去了三回，还是没有见着他。

第二天中午，大江君又去拜访明智大侦探，仍不见他的人影。

这一回他真的担心起来，还是赶快把明智小五郎“失踪”的事告诉叔叔为好。

他急忙驾车朝叔叔家驶去。

叔叔和婶婶依然一边敲太平鼓，一边念经。叔叔一听说明智大侦探“失踪”的消息，脸色骤变：“又惹上麻烦了！可能明智先生也被暴力集团绑架了？如果明智先生有什么意外，我负有不可推卸的责任。说实在的，我也承担不起这个责任啊！”

“不，明智先生不可能落到那种地步！”

大江君嘴上对叔叔这么说，心里却为大侦探的安全捏着一把汗。

怎么办？越焦急，时间过得越慢。

当天下午，大家不约而同地集中在叔叔家的客厅里，一边喝茶一边议论，可都拿不出什么好主意。

就在这时候，邮递员送来一份电报。上面写着：

“我领富美子回家与大家团圆，马上出发。特此通知。”

真出乎意料！发这份电报的竟是明智小五郎，发电报的地点是千叶县的邮局。

“哇，好极了！”

大家情不自禁地叫了起来，这意外的好消息使得全家人高兴得手舞足蹈，欣喜若狂。

大侦探平安无事，富美子就要回家，家里的沉闷瞬间被打破了。

黄昏的时候，叔叔家的大门口出现了满脸微笑的明智小五郎。他的背后，跟着富美子，她的脸庞憔悴而消瘦，看起来精疲力尽。

婶婶心疼极了，将富美子搀扶到房间里，又是端茶，又是递毛巾。

大餐桌上，庆功的美酒佳肴摆得满满的。夫妇俩挽着明智大侦探的胳膊，执意请他坐到上宾座位。夫妻俩又是鞠躬又是作揖，一个劲儿地感谢。

连警方也感到无能为力的暴力集团，在大侦探面前却甘拜下风。无论大侦探被吹得多么神乎其神，能不费吹灰之力地带着富美子回家，谁都没有料到。

究竟是怎么回事？凭明智大侦探个人的力量，就能干得这么漂亮利索。难怪叔叔婶婶像欢迎大英雄似的，举行盛大宴会招待明智大侦探。好一个大侦探，真让人佩服！直到现在，大江君才真正体会到这位朋友具有无法比拟的魔力，不得不刮目相看。大家睁大眼睛想听明智小五郎讲故事。

有人问："策划这起绑架案的暴力集团，究竟是一伙什么样的人？"

明智小五郎回答时，脸上微微露出窘迫的神色：

"非常遗憾，这个问题我暂且什么也不能说。无论怎么说，我依靠的不是自己一个人的力量。

"总而言之，与其一举抓获暴力集团，倒不如让富美子小姐平平安安地回到家。也就是说，我选择让富美子小姐从暴力集团那里安全返回的解决办法。

“我与他们谈判交换的条件，即让暴力集团返还富美子小姐和一千万日元，以后也不再给大江宗吾家制造任何麻烦。我呢，也绝不对任何人说起有关他们的情况，今后也绝不对他们制造任何威胁。

“这是我和暴力集团双方共同约定的，请你们今后别再向我和富美子小姐问起有关暴力集团的任何情况。这是一千万日元，现在归还给大江宗吾先生，请仔细点一下。”

大侦探把钱交给大江君的叔叔。

虽无法听到明智小五郎讲述侦破案件的经过，大家也没有感到什么特别的遗憾。可作为明智小五郎的好朋友，大江君总感到心里闷得慌，你明智先生不便对大家说，总不能把我大江蒙在鼓里吧……

大江宗吾夫妻二人因为自己家从今往后能平安无事，即便没能抓获暴力集团，对他们来说也无关紧要了。加上明智小五郎与暴力集团之间已经有言在先，也就不再追问侦破的经过了。

大家开始一边吃喝一边谈笑风生，说的都是与这起绑票案无关的事情。很快，庆功宴会结束了。

大江宗吾兴高采烈，笑呵呵地对大侦探说：“今天，您领富美子回家，我们夫妇俩真是感激不尽啊！您不仅是我女儿的大恩人，也是我们全家的大恩人。我向您发誓：今后您如果需要我效力，无论什么事，我将全力以赴，就是赴汤蹈火也在所不辞。如果您现在有什么吩咐，也请尽管说！”

“吩咐谈不上，但也确实有一件事要拜托先生。可是，怎么说好呢？打个比方吧，我的一个朋友十分倾慕令爱，并希望与令爱结成百年之好。我再三考虑后，决定为他俩做媒，不知这请求能否实现？”

“哈哈哈……你不愿意打开天窗说亮话，也行。我只有一个要求，只要他像你一样是个实实在在的人，我就把女儿嫁给他。”大江宗吾十分认真。

“这话当真？我朋友是基督教信徒，你能接受吗？”大侦探也十分认真。

死守着新兴宗教的大江宗吾，一听说对方是基督教信徒，脸上的表情不免尴尬起来，可瞬间过后又豁然开朗。

“行，我也非常热爱基督教，加上你是媒人，就这么办吧！”

“那我就放心了。以后我还要专门拜访一次，请别忘了今天您说的话哟！”

少顷，明智小五郎和大江君向大江宗吾全家告辞。大江宗吾送他们到大门口，一边连声道谢一边拿出一百万日元酬谢金强行塞入明智大侦探的上衣口袋里。

# 脚　印

“明智先生，你与暴力集团之间有约定，这我理解。但别把我蒙在鼓里哟！能不能说说你破案的经过？我一定保密。”大江君一走出大门就着急起来。

“啊啊，行行。到咖啡馆去，边喝咖啡边慢慢聊。”

大侦探爽快地点点头。两个人来到大街上，在一家咖啡馆最里面的座位上坐了下来。

“这起绑架案的突破口，是现场没有脚印。”

明智大侦探喝了一口咖啡后，打开话匣。

“对于脚印，我至少考虑了六种可能性：

“第一，你叔叔和侦查员漏看了歹徒的脚印。

“第二，也许是我离奇的想象。歹徒或者把自己悬挂在什么东西上或者踩在绳索上走。总之，是采用不留下任何脚印的方法朝古老松那里走去。

“第三，你叔叔或者牧田君在回家的路上，踩在歹徒的脚印上使之消失。

“第四，歹徒穿的鞋底不是与你叔叔的鞋底相似，就是与秘书牧田君的鞋底相似。我在现场进行了详细调查，终于明白了其中奥秘。

“第五，歹徒根本没有在古老松现场出现。也就是说，你叔叔出于某种需要，假戏真演。

“第六，牧田君与歹徒是同一个人物。

“总之，我感到有必要调查一下现场，次日早晨便驱车赶到富山原。如果在现场找不到第一到第四的证据，那就只有第五和第六项了，搜索的范围就可以缩小。

“我在现场发现一个问题，是刑事侦查警官们绝不可忽视并且是非常重要的。地面上，有许多地方仿佛是人为堆积起来的。

“不用说，你叔叔他们的脚印也被埋在下面。我扒开堆积起来的东西，突然意识到了某种情况。这种察觉太精彩了！”

明智小五郎说到这里喝了一口咖啡，得意地瞟了大江君一眼。

“那，结果呢？”大江君两眼盯着明智大侦探追问。

“也就是说，刚才列举的六种假设，第三和第六‘中奖’了。说白了，秘书牧田君与歹徒是同一个人。”

“你是说牧田君？那不可能！他看上去是那么正直、乖顺、老实……”

“请你列举一下你认为不可能的地方。”

大江思考了一下说：“我叔叔比歹徒矮七八厘米，也就是说那家伙的个头至少有一百七十五厘米。可牧田君与叔叔一般高，身体又那么瘦。”

“如果反过来说，完全应该怀疑。一个是胖乎乎的身材，一个是瘦小的身材，总让人感到差别特别显眼，可这只不过是一点点差别。

“如果牧田君使用再短一点儿的‘高跷’，我也许就会晕头转向，受骗上当。

“哈哈哈……明白了吗？他事先把锯成八厘米左右的高跷藏在现场。使用高跷，按理说必须用两只手抓住，两只脚才能踩在高跷上行走。

“可他不用手抓，把高跷弄短后绑在腿上行走。在漆黑的夜里，歹徒身穿黑袍且与你叔叔又有一定的距离，脚上到底有什么，你叔叔不可能看清楚。牧田扮演歹徒后，必须在他走过的地方采用某种办法遮盖高跷脚印。

“为此，我特地在现场进行了仔细的调查。”

“原来如此！”大江君惊诧地叫嚷起来，“原来牧田君是暴力集团的爪牙……可我总感到不太可能，那么忠厚……”

“怎么，还想不通？今天，你只是反应稍稍迟钝了一些。你叔叔、警察，包括你，都认为这起绑票案是暴力集团干的。事实上，根本不是那么回事……这起绑票案与暴力集团毫无瓜葛。”

“什么？你说什么？你刚才不是对大家说了与暴力集团之

间有什么约定吗？现在，怎么又改口变卦了？你不是在说谎编故事吧？！”

“请镇静一点儿。当时我必须那么说。首先，如果我说出是牧田君所为，家里一定会人心惶惶，全家大乱起来，结局难以想象。

“其次，牧田君不具备绑架富美子并且把富美子一藏就是几天的胆量。

“再者，在富美子离家外出的那些日子里，牧田君一步也没有离开你叔叔和那幢楼房。不过，像牧田君那样的男人，究竟有没有能力干出轰动整个社会的大事呢？”

“哈哈哈……你越说，我越没有谱了！如果你能破译明信片上的密码……密码，我至少也懂一点儿，才会觉得你所说的没有半点儿掺假。”

“怎么，你说什么？那明信片上是密码？”

明智小五郎十分惊讶。大江君见状得意扬扬，心想他竟然也有疏漏的地方。

# 破　译

“原来是这么回事。”

明智小五郎微微一笑，取出从大江宗吾那里借来的明信片，那上面写信人的署名是一个“绿”字。

“如果没有这篇密码文，我怎么也不会怀疑牧田君。这一起绑票案的突破口，便是这张明信片。最初我也不知道它是密码文，仅仅是怀疑而已。

“其理由是，这张明信片正巧在富美子出走的前一天到达。笔迹伪装得十分巧妙，企图混淆视听。

“我怎么看它，都觉得是男性笔迹。当我问及富美子这封明信片的时候，她脸上显现出令人捉摸不透的表情。

“更重要的是，明信片上的字迹和格式，简直像在文稿纸上誊写的似的，整整齐齐，每行二十字，楷书字体，端端正正。”

明智小五郎一边说一边取出铅笔，在左边第一列与第二列的间隔处画了一条竖线。

“这么一画，就清楚了。沿着这条线一直往下看，是‘一好割此外外袋自叱歌切’。”明智小五郎把这十一个文字排列在一起。

“嘿，你绝不会认为是偶然的组合吧！那天晚上，我一到家就悉心揣摩起这一排文字的含意。幸亏这类密码，我曾经研究过。最终，它被我破译出来。”

“这到底是哪一种类型的密码？这明信片又到底表达什么意思？”

“那好，我解释一下吧。首先，将这些文字按照顺序排成一列。单纯这样排列，就像抽签，毫无意义。

“我起先认为：它与诗词经文没有任何关联。后来经过推敲，否定了我原先的结论，但又琢磨不出具体的意思。忽然，我看到那张明信片上有两个‘X’。

“像这样的文章里出现‘X’，总让人感到不可思议。况且，还是两个‘X’。根据我以往破译密码的经验，使用日语书写密码文，最难表达的当数浊音和半浊音。

“用‘X’代替文字，其目的是想表达上面汉字的浊音。我写破许多纸，可谓绞尽脑汁，终于解开这一列文字的谜。解开这个谜的钥匙，是文字的偏旁笔画和主体笔画。

“是指分别数出文字的左侧部分与右侧部分的笔画数。例如‘好’的偏旁是三画，主体也是三画。也就是说，是三三组合，分解后就是这样的表。请看！”明智小五郎取出笔记簿画了一张表。

| 偏旁 | 主体 | |
|---|---|---|
| | 1 | 一 |
| 3 | 3 | 好 |
| 10 | 2 | 割 |
| 4 | 2 | 此 |
| 3 | 2 | 外 |
| 3 | 2 | 外 |
| 11 | | 袋 |
| 6 | | 自 |
| 3 | 2 | 叱 |
| 10 | 4 | 歌 |
| 2 | 2 | 切 |

“表达偏旁笔画的最大数字是11，表达主体笔画的最大数字是4。这是什么类型的数字组合呢？也许是表示五十音图横向排列的顺序？

“如果横向排列，正巧是数字是11，也许这数字是偶然的。我们不妨再试试别的排列法，偏旁笔画数显示列的顺序；主体笔画数显示行的顺序。

“例如‘一’只有一画，没有偏旁。‘好’的偏旁是三画，主体也是三画，即第三列里的第三行的假名便是‘す’。

“根据日语五十音图的‘列’和‘行’的排列进行破译，

全文意思：

明天一时整在新桥地铁站见面

“最近，热恋的男女之间都是相互用暗号通知碰头的时间和场所。可笔迹再怎样变化，男女笔迹还是有区别的。像这种密码文书，表达男女之间相互通知幽会的意思。

“可见这起绑票案不是暴力集团干的，至少有必要先弄清这张明信片的来历。然而，寄信人的全名和地址除富美子以外没有第二个人知道。自涉足侦探行业以来，这算是我碰到的最棘手的案件了。

“但是，倘若把这一问题与牧田君的行为联系起来看，疑问也就消除了。通常，女青年自行离家出走，到达目的地后肯定要给父母亲写上一封道歉信。

“把这个问题与牧田君担任第一取信人的角色联系起来，案情的原委也就清楚了。说得透彻点儿，牧田君对富美子与谁在相爱特别清楚。

“他从信箱里取信时，发现富美子的家信便藏起来不让夫人看，相反编造一封暴力集团的威胁信，送到你叔叔手里，何况信上没有邮戳。

“由此可见，送信的歹徒与取信的牧田君是同一个人。”

明智小五郎说到这里停顿了一下。

“啊，原来如此，真可怕呀！”

听到这里，大江君心里的谜团总算解开了一些，可心里还有疑问。

明智小五郎继续往下说："你再等一下提问。那天，我调查现场结束，在你叔叔家大门对面等候牧田君出门。真是无巧不成书！他跨出门槛，像是上街买什么东西，我上前连哄带骗把他请到这家咖啡馆。当时他坐的椅子就是你现在坐的这张。我一开始与你一样，认为他忠厚老实。

"也就是说，这起绑票案的背后肯定还隐藏着非同寻常的不可告人的目的，牧田君是不得已而为之。为使他放心，我以人格向他保证。终于，他全部坦白了。

"喂，你知道有一个叫服部时雄的男青年吗？他曾向你叔叔提出娶富美子的请求，可你叔叔以他是基督教信徒为由，拒绝了这桩符合你堂妹意愿的婚事。

"作为父母亲，你叔叔和婶婶在这件事上也太粗心大意了，对女儿与服部君相爱多年的事一点儿都没有察觉。

"即便女儿不离家出走，即便宗教信仰不同，而男女间的相爱是不受任何信仰束缚的。

"倘若你叔叔婶婶能妥善处理富美子的终身大事，她也绝不会一气之下远走高飞。当然，她抱有幻想，以为自己离家出走，父母亲多半会在'事实'面前屈服。

"富美子小姐与服部君于那天下午一时整在新桥地铁站碰头后，两个人一起到服部君居住的千叶县去了。

"不用说，她在千叶县曾给父母亲写了好几封道歉信，却无一遗漏地落入牧田君手里，被永久性地藏了起来。

"我在千叶县见到他俩时，他们全然不知家里最近发生的

‘绑架风波’，正陶醉在甜甜蜜蜜、卿卿我我的二人世界里。整整一个晚上，我苦口婆心，好言相劝。

“富美子小姐说啦，要她回家一趟好办，但必须答应这门婚事，要我发誓担保。

“我当然答应啦，保证做通她父母的思想工作，成全他俩的终身大事。她这才依依不舍地离开服部君跟我回来了。

“你知道牧田君究竟为何要那样做吗？近来他老家年老体弱的父母亲急需看病的钱，几次三番催他寄钱回家。

“他也不知中了哪门邪，乘小姐出走之机起了歹念，并策划了这起轰动全东京的绑票案。秘书牧田君后悔不已，泣不成声地说，对不起主人。”

大江君听到这里，总算松了一口气。他与明智小五郎的视线交织在一起，对视了许久。

“好了，回家吧？”

明智小五郎说道，取出大江宗吾给他的一百万日元奖金递给大江君说：“请你看到牧田君的时候，顺便把这钱交给他，就算你叔叔给他的辞退金，让他回家伺候他生病的父母吧！”

大江君激动地连连点头，代叔叔收下了明智小五郎退回的巨额奖金。

“瞧，人生多有趣啊！”

明智小五郎说完，发自内心地笑了。

おわり